洪兴全　撰
陈书良　整理

光绪二十三年岁次丁酉孟秋初版

说倭传｜清人笔下的甲午战争始末

中国国际广播出版社

图书在版编目（CIP）数据

说倭传：清人笔下的甲午战争始末 ／（清）洪兴全撰；陈书良
整理. —北京：中国国际广播出版社，2013.5
ISBN 978-7-5078-3612-7

Ⅰ.①说… Ⅱ.①洪… ②陈… Ⅲ.①章回小说—中国—清代
Ⅳ.①I242.4

中国版本图书馆CIP数据核字（2013）第046133号

说倭传 ——清人笔下的甲午战争始末

撰　　者	（清）洪兴全
整　　理	陈书良
责任编辑	聂福荣　杜春梅
版式设计	国广设计室
责任校对	徐秀英

出版发行	中国国际广播出版社（83139469　83139489[传真]）
社　　址	北京复兴门外大街2号（国家广电总局内）
	邮编：100866
网　　址	www.chirp.com.cn
经　　销	新华书店
印　　刷	环球印刷（北京）有限公司

开　　本	710×1000　1/16
字　　数	100千字
印　　张	11
版　　次	2013 年 5 月　北京第一版
印　　次	2013 年 5 月　第一次印刷
书　　号	ISBN 978-7-5078-3612-7 / I·419
定　　价	39.50 元

图1　2005年秋天，在日本福冈九州大学竹村工作室"竹斋"，与竹村则行先生纵谈。（左，竹村则行；右，陈书良）就是在这里竹村先生见赠《说倭传》。

图2　春帆楼建在临海的一处小山坡上。门口右边竖牌"日清讲和纪念馆"。

图 3　1895 年马关春帆楼中日谈判现场，条形方桌左下角开始顺时针方向座位依次为：田中敬义　工作人员　伊东已代治　陆奥宗光　伊藤博文　工作人员　伍廷芳　罗丰禄　李鸿章　李经方　马建忠。

図 4　日本花书院 2000 年版《说倭传》封面书影。

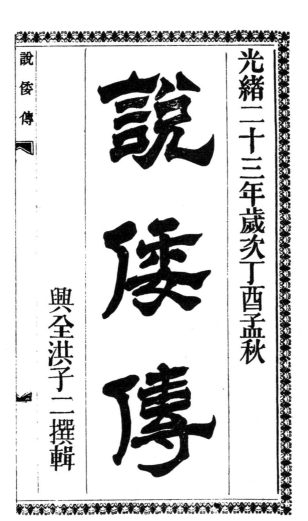

光緒二十三年歲次丁酉孟秋

說倭傳

興全洪子二撰輯

說倭傳

圖5　光緒二十三年版《说倭传》书影，日本花书院本影印。

邑製造一切貨物等語以示限制○伊與其屬員往返細商方允添入○李

云第八欵威海衞留兵日本究派多少○伊云一萬○李云無處可住○伊

云將添蓋兵房○李云劉公島無餘地○伊云在威海衞口左近我武官初

意想派二萬住盛京二萬住威海○李云欵內各費有中國支辦等語可將

此節刪去前英法亦曾住兵我國皆未償費○伊云駐兵償費乃歐洲通例

○李云旣已割地又賠兵費而且加息留兵之費應在賠費內劃出○伊云

賠費乃戰事所用之費留兵之費又是一事○李云中國認不起○伊云此

照歐洲通例○李云現在亞細亞何云歐洲且英法未請支辦中國約章具

在可查明也○伊云何時○李云英國留兵在廣東舟山大沽等處○伊云

彼留兵非爲抵押賠欵○李云英法於同治初年留兵大沽上海皆爲賠費

图6　光绪版《说倭传》内文影印。

图7　《中日议和纪略》封面影印，盖日本"内阁文库"官印。见日本花书院本附录。

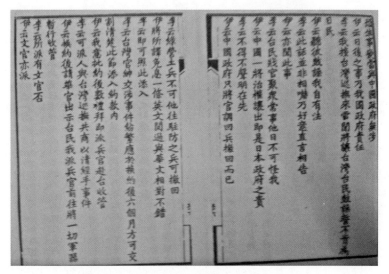

图8 《中日议和纪略》内文影印。

图9 北洋水师"致远"舰士兵合影。海战中管带邓世昌在
舰船受伤的情况下，命开足马力，撞击日舰。

图 10　李鸿章

图 11　伊藤博文

前　言

一

2005年秋天，我在日本九州游学，期间到福冈拜访了九州大学教授竹村则行。竹村兄是日本第一流的汉学家，我们在书香氤氲的竹斋里品茗纵谈，因其夫人周龙梅女史美慧贤淑，记得当时我曾书赠一联云：立身如竹，相伴有梅。竹村兄莞尔受之，回赐他整理出版的中国清代小说《说倭传》，嘱我到马关春帆楼一游。

马关也称下关，在本州岛的最南端，春帆楼乃一两层木制小楼，其门前竖一长条形木牌，上书"日清讲和纪念馆"，素雅简明，居高临下，面朝波涛汹涌的大海。此间原本是座小旅馆，风景秀丽而已，为什么选择在这里作为中日和谈的场所，可能还是别有一番深意。据说时任日本首相的伊藤博文就是马关所属的山口县人，于河豚情有独钟，得志后经常光顾春帆楼大快朵颐，因他别号春亩，故将此楼取名春帆。这里不仅有闻名遐迩的河豚宴，而且远眺波光粼粼的关门海峡，当年日本军舰冒着黑烟往来于海面，也许这正是要让中国代表看到的场景，它不仅显示了伊藤个人的胜利，更可以炫耀日本海军的军威。

旅店正门左侧，有一条小路，路口有指示牌，上书"李鸿章道"四字。1895年甲午战败后，3月19日，全权大臣李鸿章偕其子李经方、美籍顾问科士达等及随员抵达马关，次日与日本全权大臣伊藤博文（内阁总理）、陆奥宗光（外务大臣）开始谈判。李伊会晤是两个东方俾斯麦的相会，他们都被称为如德国俾斯麦铁血首相的人物，但无疑在当时世界，李鸿章的名声要响亮许多。可惜及至甲午一战，谁是真正的东方俾斯麦已经有了分晓。据《中国历史秘闻轶事》载文，在第三次会议结束后，李鸿章从春帆楼乘轿返回下榻处，途中遇日本"愤青"枪击，弹中左颊。李鸿章遇刺后，表现得很镇定，当他苏醒过来，看着浸满鲜血的血衣，立即嘱咐随员将血衣保存好，不要洗掉血迹，并感慨地说："此血可以报国矣。"在李鸿章去日本马关谈判前，日本已完全破译了清政府的密码，而李鸿章却全然不知，谈判期间，李鸿章一直跟清廷保持着电讯联系，而联系的内容完全被日方掌握，所以，日方对清廷允许的谈判底线了如指掌。于是日方大胆放心地制定谈判策略，逼迫李鸿章就范，最终签订了条件极为苛刻的丧权辱国、割占中国领土台湾的《马关条约》。《马关条约》签订当年，日本全国财政收入为1亿日元，而《马关条约》的赔款却合3亿日元。中国方面的统计，则为2亿两的赔款、3000万两的"赎辽费"，还有每年50万两的威海卫驻军费。战后3年间日本就实际得到2.315亿两白银，合3.4725亿日元，大大超过1896至1898年3年间日本全国税收26890万日元的总和。可见，《马关条约》使日本一夜之间成为暴发户，并借此不义巨金进一步走上资本主义强国之路。

　　从正门步入会所，正中间是宽大而陈设简单的谈判会场，现在已用落地玻璃罩了起来。参观者只能透过玻璃罩，观看里面的摆设：一张长形大桌，将谈判者划分两个阵线。桌子一侧为清政府代表，有一把软靠椅和若干硬靠椅。软靠椅是李鸿章的专座，硬靠椅则为其余人员的座位。桌子另一侧，为两把软靠椅及若干硬靠椅，自然是日本方面的座位。每张椅子旁，都立有木板，上书当年某某人之座及其官衔、品级和谈判的身份。

春帆楼前的那块石碑，就得意洋洋地刻写着"今之国威之隆，实滥觞于甲午之役"。就是在这里，签署了《马关条约》。"使行人至此，忠愤气填膺，有泪如倾。"日本从此走向富强，中国从此走向衰落。

二

《说倭传》是一部记述甲午战争全过程的小说，全书三十三回，起于朝鲜东学党之乱，讫于台湾军民拒日侵占斗争，其中重点描述了令人难以释怀的马关春帆楼会议。其背景当然是那段用血泪写成、用屈辱风干的历史。

日本明治天皇即位时，就狂傲地宣称要"开拓万里波涛，布国威于四方"，还制订了所谓"大陆政策"，为夺占朝鲜和发动侵略中国的战争作了长期的准备。1894 年（光绪二十年），趁朝鲜东学党起义，日本出兵侵占了朝鲜。应朝鲜之请，清廷亦出兵朝鲜。6 月 23 日，日本军舰在朝鲜半岛海域击沉中国运兵船"高升号"，中日战争爆发，史称"甲午战争"。让大清帝国始料不及的是，清军一触即溃、节节败退，而日军挥师猛进。8 月 17 日平壤失陷。18 日黄海大海战，北洋水师惨遭巨创。9 月下旬，日第一军渡过鸭绿江，攻入中国东北；同时日第二军在辽东半岛登陆，攻陷旅顺。此后日军又接连踏破东北数城。数月之间,清军海上、陆上皆一败涂地,李鸿章的淮军更是被打得七零八落。清政府无可奈何,企图重温"中兴名臣名将"的旧梦,起用声名赫赫的老牌湘军挽回颓势。然而时过境迁,湘军早已不是咸同年间的劲师悍旅,敌方也非复大刀长矛的太平军,在近代化武装的日军的坚船利炮面前,才六天,湘军就被打得脾气全无。一战牛庄,二战营口,三战田庄台,兵败将逃,舰毁人亡,邸报飞传,朝野惊恐。一个面积不及中国三十分之一、人口不及中国十分之一的岛国,竟然将秦汉威仪唐宋风流康乾盛世的光环剥离得粉碎!清政府被迫求和,于是有了春帆楼之辱,甲午战争最后以中国割地赔款而结束。

丧师失地,继之以城下之盟,奇耻大辱使全国民众愤慨痛心。当时谭嗣同就长歌当哭:

世间无物抵春愁,合向苍溟一哭休。
四万万人齐下泪,天涯何处是神州!

而康有为、梁启超在北京联合十八省举子一千二百多人聚会,强烈抗议,慷慨陈词,公车上书,史无前例,朝野震动。这就是当时的时代背景。

鲁迅《中国小说史略》云:

光绪庚子(1900)后,谴责小说之出特盛。盖嘉庆以来,虽屡平内乱(白莲教、太平天国、捻、回),亦屡挫于外敌(英、法、日本),细民暗昧,尚啜茗听平逆武功,有

4

识者则已翻然思改革，凭敌忾之心，呼维新与爱国，而于富强尤致意焉。戊戌变政既不成，越二年即庚子岁，而有义和团之变，群乃知政府不足与图治，顿有掊击之意矣。其在小说，则揭发伏藏，显其弊恶，而于时政，严加纠弹，或更扩充，并及风俗。

持"谴责"之旨，驭"讲史"之体，《说倭传》于是应运而生，也就不足为奇了。

三

然而，《说倭传》是一部十足的奇书。

这部书是日本友人竹村则行先生数年前在广州旧书肆购得，光绪二十三年（1897）香港中华印务总局出版，铅字排印本，每页十行，每行纵二十九字，署名"兴全洪子式撰辑"。这部小说过去仅见存于个别书目，从未单行出版，故亦未有人作过专门研究。阿英编《甲午中日战争文学集》说"兴全洪子式"即是"太平天国干王洪仁玕之子"，然而证据阙如。按洪仁玕（1821—1864），广东花县（今花县东北）人，洪秀全族弟，自幼受儒家教育，屡试不中，曾任塾师。1843年，洪秀全创立拜上帝教，他首先加入，并在广东清远发展教徒。金田起义后，曾应召去广西，因未追及起义队伍，遂折回广东。由于清政府迫害，1852年逃亡香港，结识瑞典传教士韩山文。韩山文根据其口述材料，写成《太平天国起义记》，记载洪秀全及拜上帝教的早期活动。1854年，由香港至上海。拟去天京，未遂。入墨海书院学习天文、历算。同年冬，又回香港入伦敦布道会，任宣教师四年，悉心学习西方资产阶级科学文化。1858 年再次离港北上，于次年 4 月辗转至天京。洪秀全破格封他为干王，总理朝政。针对太平天国时弊，他提出一系列改革措施，并写出《资政新篇》，主张向西方学习，发展资本主义工商业。《资政新篇》获得天王批准，公开颁布，但未能实施。1860 年，与李秀成、陈玉成等采取"围魏救赵"的战略，彻底摧毁了江南大营。1864 年 7 月天京沦陷，他即在浙江湖州护送幼主入江西寻李世贤部，以图恢复。10 月，在江西石城被俘。他宁死不屈，在自述中痛斥"妖（清朝）买通洋鬼，交为中国患"的罪行。11 月，在南昌就义。洪仁玕是一个传奇人物，也是太平天国的大知识分子，有思想，有著作，亦有西方背景。史籍上没有洪仁玕子女的记载，小说作者显系托名，让读者产生"有其人也，有其著也"的感觉。其时太平天国失败已约二十年，经过甲午战争，国人痛定思痛，对太平天国中人自然产生了理解和同情。这种心情尤以两广人为甚。这时将小说闪烁含糊地署名"兴全洪子式撰辑"，无疑增强了吸引力。

竹村兄研读《说倭传》后，发现其中第十九回至第二十一回与小说的体裁、文笔大异其趣，伊藤与李鸿章大段问答几乎是全文载录了《中日议和纪略》。这份史料是中方整理的，原应藏于清廷。竹村于是赴北京中央档案馆查检，却不见其收入《清光绪朝中日交涉史料》中。《清光绪朝中日交涉史料》卷三十八第二千九百九十三号史料题为《呈递钦差大臣李鸿章与日本往来照会及问答节略咨文》题下注云："又与伊藤五次会议问答节略共订为一本，内多辩论紧要语。"而关于这一"问答节略"，史料中附记则赫然称"原阙"，亦即当年李鸿章的呈文并未在档案中保存下来。竹村大为诧异，又折返东京辗转寻觅，发现清廷所失官简

6

却存于日本内阁文库（即国立公文书馆）。果如所料，其中"辩论紧要语"竟然完全出现在小说《说倭传》中。

醉心中国文史且对中国人民一贯友好的竹村则行先生立即感觉到了《说倭传》的分量，为避免文献湮灭，他以一己之力影印了香港中华印务总局光绪二十三年版《说倭传》，后附影印日本内阁文库·《中日议和纪略》。这就是现在我手中的日本花书院本《说倭传》。

耐人寻味的是，这份重要的春帆楼官简怎么会从皇家档案中消失，两年后竟然会混入小说《说倭传》中？作者"洪兴全"究竟是什么人？后来为什么又会流入日本内阁文库？三者之间是按什么线路传递的呢？

四

早几年，上海复旦大学骆玉明先生访日后对此发表看法。他说："反映马关和谈艰难过程和李鸿章顽强姿态的《中日和谈纪略》很快流播外界，恐怕与李鸿章本人的某种考虑有关——至少是他那一派人的有意行为。而《说倭传》的作者'洪兴全'虽不知为何许人，但小说的立场，除了表达甲午战争后国内日益高涨的爱国激情，也有为李鸿章辩护的意图，他多少应与李鸿章一派人有些关系。"骆说虽无据，但在情理之中。马关签约后，全国上下一片反对，朝廷内很多人借此弹劾李鸿章，致使他告假养病。这份李鸿章授意整理的纪略可能根本就没有传递给上级，可能是李鸿章本人出于某种考虑未交，也可能是他的对立面拖扣没有上呈，就像当时千余名孝廉上书"宜战不宜和"，结果被裕寿田扣压一样。晚清朝廷多有这样的荒唐事，早于此的李秀成自述，面对朝廷追索，曾国藩不就一拖再拖，一删再删，最后隐瞒过半篇幅，呈上一个面目全非的整理稿了事吗？如果原件根本没有呈交，那么条约签订两年后，只有李鸿章集团中人手中才有此材料。材料应该是先经过"洪"手，有意漏给民间，后流入日本内阁文库的。作者在《说倭传·序》中曾闪烁其词地说："种种实事，若尽将其详而便载之，则国人必以我受敌人之贿，以扬中国之耻。若明知其实，竟舍而不登，则人或以我为畏官吏之势而效金人之缄口。呜呼，然则创说之实不亦戛戛乎其难之矣！"《中日议和纪略》应该就是"尽将其详而便载之"的大实之事。

由李鸿章出面签订的《马关条约》是一份丧权辱国的卖国条约。条约签订后，李鸿章作为朝廷的替罪羊，"以一身为万矢之的，几于身无完肤，人皆欲杀"（梁启超《中国四十年来大事记》）。在这样的背景下，抛出这份秘档，让国人知道李鸿章是如何衰年出使，竭其所能，步步为营，顽强辩论，当然也就无异替李鸿章作了洗刷和辩解。如第二十回记述二月十五日午后二点半钟谈判开始，日方读完"停战节略"后，李即发问：

李云："现在日军并未至大沽、天津、山海关等处，何以所拟停战条款内竟欲占据？"

伊云："凡议停战，两国应均沾利益。华军以停战为有益，故我军应据此三处为质。"

李云："三处华兵甚多，日军往据，彼将何往？"

伊云："任往何处。两军惟须先定相距之界。"

李云："两军相近，易生衅端。天津衙门甚多，官又将何为？"

伊云："此系停战约内之细目，不便先议。试问所开各款可照办否？"

李云："虽为细目，亦须问明，且所关甚重要，话不可不先说。"

伊云："请中堂仔细推敲，再行作复。"

李云："天津系通商口岸，日本亦将管辖否？"

伊云："可暂归日本管理。"

李云："日兵到津，将住何处？"

……

李云："所据不久，三处何必让出？且三处皆系险要之地，若停战期满议和不成，则日军先已据此，岂非反客为主？"

伊云："停战期满，和议已成，当即退出。"

李云："中日系兄弟之邦，所开停战条款未免陵逼太甚！"

日方的停战要求竟是如此苛刻，要求大沽、天津、山海关等地的清军全部向日军缴械，天津至山海关铁路交日本军务官管理，且停战期间日本一切军费由中国承担。这些条件无疑显示日本仍在考虑军事、谈判双管齐下的方针，在战场上并不愿意停手，欲将北京置于日军的监视之下，然后再从容地商讨城下之盟。应该说，李鸿章盯住了要害，还是很有见地的。李鸿章在会谈上没有对日本先抵押三地让步，谈判陷入僵局。会谈结束后，双方同意三天后再谈。李鸿章回到住所，立即给总理衙门发去电报，表示日本以三地为抵押的要求坚决不能答应，并叮嘱要在大沽、天津、山海关一带严加戒备。总理衙门复电李鸿章："原冀争得一分，有一分之益，如竟无可商改，即遵前旨与之定约。"
而中方密电码，早为日方侦破，由此，马关会谈大局已定。对于
李鸿章在和谈中的功过，第二十一回出现了这样的对话：

> 李云："去岁满朝言路屡次参我，谓我与日本伊藤首相
> 交好，所参甚是。今与尔议和立约，岂非交好之明证？"
> 伊云："时势彼等不知，故参中堂。现在光景彼已明白，
> 必深悔当日所参之非。"
> 李云："如此狠凶条款，签押又必受骂。奈何！"
> 伊云："任彼胡说，如此重任，彼亦担当不起。中国惟
> 中堂一人能担此任。"
> 李云："事后又将群起攻我。"
> 伊云："说便宜话的人到处皆有，我之境地亦然。"

平心而论，这样的对话于谈判情节无关紧要，所以放进纪略
并纳入小说，当然意在辩解。在第二十一回中，作者甚至还以貌
似客观的口气说："按中堂订立此约，苦心孤诣，本系无可奈何
之事，国人不谅苦衷，交章弹劾。"这是作者的观点，借说书人
之口道出，当然也可视为小说的意图。这样，"洪兴全"不顾小
说的体裁、风格，硬是将《中日议和纪略》全文公开在《说倭
传》中，借以反映马关谈判的艰难过程和李鸿章的顽强姿态，用
心可谓良苦矣！

此外，《说倭传》生动具体地反映出在和谈中日方的盛气
凌人之态，中方的无奈与尴尬之举。例如，日方要中国让出
台湾：

李云："台湾全岛日兵尚未侵犯，何故强让？"

伊云："此系彼此定约商让之事，不论兵力到否。"

李云："我不肯让，又将如何？"

伊云："如所让之地必须兵力所到之地，我兵若深入山东各省，将如之何？"

……

李云："赔款还请再减五千万，台湾不能相让。"

伊云："如此，当即遣兵至台湾。"

李云："我两国比邻，不必如此决裂，总须和好。"

伊云："赔款让地，犹债也。债还清，两国自然和好。"

李云："索债太狠，虽和不诚！"

这当然是一场城下之盟，双方的实力背景悬殊：清兵一败再败，北洋水师全军覆没，日军登陆攻占辽东及山东半岛且随时可能长驱入京。俗话说"弱国无外交"，这一场谈判要"不辱"实在是不可能的。至少，人们可以想，换了别人去谈，结果又岂能更好一些？就算是在这样悬殊的背景下，按之古今中外，像伊藤这样骄横凶狠，一味索逼土地钱款，寸分不让，真是要怎么做就有什么样的歪道理，也是极其罕有的，活脱脱的强盗逻辑，于斯极矣！难怪老迈的李鸿章再三叹息"太狠"、"口紧手辣"、"逼人太甚"了。据说次年，李鸿章受邀访问欧美，从美国归国途经日本横滨换乘轮船，他坚决不踏日本土地一步，让人在两船间搭设木板，以垂老之躯，从海上换轮而去。真可谓一失足成千古恨，此恨绵绵无穷期。

《说倭传》也从侧面真实反映了清王朝官场的衰敝和日本经

变法后的强盛。中日第一次会谈时主要官员曾彼此相问年岁，当时中方李鸿章已七十三岁，而日方首相伊藤五十五岁，外相陆奥五十二岁。李鸿章为缓和气氛，提到十年前两人的会见，尽力表现出恢宏的气度。但是伊藤并没有理会李鸿章的高谈阔论，而是冷冷地说："十年前在天津时，敝人曾向中堂进言，贵国之现状，实有改进之必要。但尔后贵国晏然依旧，不图改进，以至今日，实深感遗憾。"十年前，一方是师，一方是徒，今天一方是胜利者，一方是战败者，李鸿章的高谈变成了可笑的反讽。提到十年前的相见，他只有低下高傲的头，不仅叹道："我国之事囿于习俗，未能如愿以偿。……今转瞬十年，依然如故，本大臣更为抱歉。自惭心有余力不足而已。贵国兵将悉照西法，训练甚精，各项政治日新月盛。此次本大臣进京与士大夫相论，亦有深知我国必宜改变方能自立者。"轮到今日被人取笑，其心酸自知。李鸿章感叹对手年富力强，于是产生了下面的对话：

　　伊云："日本之民不及华民易治，且有议院居间办事，甚为棘手。"
　　李云："贵国之议院与中国之都察院等耳。"
　　伊云："十年前曾劝撤去都察院，而中堂答以都察院之制起自汉时，由来已久，未易裁去。都察院多不明事务者，使在位难于办事。贵国必须将明于西学、年富力强者委以重任，拘于成法者一概撤去，方有转机。"

　　应该说，伊藤所云还是切中肯綮的，只是这一席话由胜利者讲给失败者听，又多少带有一些讽刺意味。《说倭传》中有一首诗写得好："战事如同一局棋，丧师失地亦堪悲。最怜命使求和日，应悟当时国事非。"

五

《说倭传》后一部分重点写台湾被侵占的过程，英雄人物当然是刘永福。小说写刘永福率黑旗军与日帅桦山斗智斗勇，为保卫国家领土孤军奋战。其间浓墨重彩地描写了台湾人民热爱中华，耻于亡国，保卫家乡，尽掷家财，在战场上又以性命相搏，以至刘永福败退后，"台民尚高展刘姓帅旗，未免先声夺人，初时半月之久，倭人不敢轻犯。"《说倭传》叙述了台湾一步步沦陷的过程，写的催人泪下。结尾第三十三回"淡仕途刘将军喜归故里，息烽火大清主乐享太平"，虽然结局一片清平，俨然盛世，但几乎全文附载了清廷与日政府的二十九条合约，将耻辱柱钉牢篇末。读者非常清楚，这是作者的苦心孤诣之处，在这样屈辱的条约桎梏下，中国何得"乐享太平"，中国何得自强？

六

《说倭传》虽然时有精彩之笔，如第四回写义犬为救邓世昌，勇敢跳海，最后与主人一同尽忠。又如写刘永福智勇兼备等，也有很多能突出人物性格的细节。但是作为小说来说，用人物形象、语言、情节等来衡量，《说倭传》是失败之作，应该说尚不及蔡东藩"讲史"一类，所以它在文学史、小说史上也没有地位，这是一方面。另一方面，由于其公开了尘封的秘档，并且将其置于中日战争的背景下向国人介绍了鲜为人知的神秘细节，因而颇具史料价值。这样血泪屈辱的文字，国人不可不知，不可不记。人为刀俎，我为鱼肉，中日两国，大小悬殊，然而仅仅十年，从被日人仰慕的上国沦为和谈席上乞怜之弱夫，国人当自省三思。

需要指出的是，甲午战争应该是中国近代史的关捩。甲午战败后，这个迅速发展的邻国，正是用中国的银两滋养成之强敌，给中国带来无尽的苦难。不要说以后的抗日战争，和直到今天也未能解决的钓鱼岛之争，乃至于台湾问题，都与其有关。马关之耻，春帆楼之恨，永远埋在了中国人的心中，流在民族的血液中。当年签订《马关条约》的"汉奸"李鸿章，在临终前留下一首遗诗曰：

秋风宝剑孤臣泪，落日旌旗大将坛。
海外尘氛犹未息，请君莫作等闲看。

我以为，末两句借用作《说倭传》的出版初衷，还是颇为贴切的。中国近代迭遭外侮，对此，我感慨良多。书中清廷的"前敌指挥官"曾任两江总督的刘坤一（岘帅）是我母亲的堂祖父，我母亲的嫡曾祖父刘长佑则在云贵总督任上时，曾收编黑旗军刘永福，指挥三军大举入越，拉开了抗法战争的序幕。在甲午战争二十年前他即上奏，提出讨伐日本，消除侵略根源。我的父亲陈暄将军与日寇整整打了八年，曾参加台儿庄等战役。然而，就在我整理《说倭传》的今天，台湾尚孤悬海外，钓鱼岛问题仍然得不到圆满解决。这是足以发历史之浩叹的。我以为，作为爱国主义教育的资料，《说倭传》今天仍然具有出版意义。

本书以日本花书院影印本为底本，标点分段，简体横排，以飨读者。书末附历史人物小传，依在书中出场顺序排列，便于读者知人论世。学生梁文冰协助部分书稿的改正、录入，在此谨表示谢忱。囿于学识，误舛之处，尚祈教正。

陈书良于长沙听涛馆书寓
2012 年 8 月

序

从来创说者事贵出乎实，不宜尽出于虚。然实之中，虚亦不可无者也。苟事事皆实，则必出于平庸，无以动诙谐者一时之听。苟事事皆虚，则必过于诞妄，无以服稽古者之心。是以余之创说也，虚实而兼用焉。至于中日之战、天妆台畏敌之羞、刘公岛献船之丑、马关订约、台澎割地，种种实事，若尽将其详而便载之，则国人必以我为受敌人之贿以扬中国之耻；若明知其实竟舍而不登，则人又或以我为畏官吏之势而效金人之缄口。呜呼！然则创说之实不亦戛戛乎其难之矣！至若刘大帅之威、邓管带之忠、左夫人之节、宋宫保之勇、生番主之横，且其余所载刘将军用智取胜、桦山氏遣使诈降等事，余亦不保必无齐东野人之言。然既知其为齐东野人之言，又何必连翻细写？盖知其为齐东野人之言者余也，非读者也。然事既有闻于前，凡有一点能与中国掩羞者，无论事之是否出于虚，犹欲刊载，留存于后，此我国臣民之常情也。故事有时虽出于虚，亦不容不载。余之创是说，实无谬妄之言，惟有闻一件，记一件；得一说，载一说，虚则作实之，实则作虚之，虚虚实实，任教稽古者、诙谐者互相执博，余亦不问也。谨志数言，以白吾志。

洪兴全　子二自序

目 录

第一回
东学党无端生叛逆　朝鲜国平地起风波

话说清朝自顺治过江以来，江山得成一统，嗣位各君英明相继，皆享升平之福。交道光咸丰年间，红巾贼乱。平定之后，继有英法之役。因而泰西国人皆准在中国通商，又开天津、烟台、上海、福州、羊城等处为通商之埠。各口岸俱设领事官，而西人之贸易者接踵而来，亦可见清朝怀柔远人之意。西人入境之后，见中国之为官者多系孱弱不振，只保自己爵禄身家，绝不关心于民生国计，故渐渐如强宾压主，常有鲸吞之念，疆土亦渐渐为西人所侵。后至越南为法所有，琉球为日本所吞，当时有心时务之人靡不良深叹惜。中国虽是积弱，究竟地广人多，藩属犹盛，而中国每为救护藩邦因而丧师失地者，即如光绪二十年中日之役可以概见。后人有诗叹之曰：

　　时事颓唐唤奈何，壮士空怀易水歌。
　　济困恤邻存古道，敢云救火尚披裘。

话分两头，却说光绪二十年夏六月，中国藩属朝鲜，又名高丽，又名韩国，有东学党揭竿起乱，势极披猖。初则四方劫掠，鸡

1

犬不宁，继而羽翼渐生，竟思侵犯疆土。韩官屡战屡败，百僚俯首无策，乃入奏韩王。韩王闻之大惊，举止失措，即问廷臣退贼之计。首相闵镕全出奏曰："中国，我上邦也，可速发电文求救。"韩王闻奏，如梦初醒，遂着闵相依奏而行。闵相即连夜发电至中国总理衙门，伸表东学党为乱，并请调兵救护。

北京总理衙门得接告急文书，翌日早朝即将电码翻译汉文恭呈御览。皇上正议发兵之事，踌躇未决，早有文华殿大学士李鸿章入奏，谓救灾恤邻，大国之道也。况朝鲜为我藩属，又为唇齿相依乎！皇上遂决兴兵救韩之议，并问何臣领兵前往？后由李傅相保奏，提督叶志超领兵三千救韩，以平东学之乱。叶志超奉谕之后，点兵起程，不在话下。

却说中国之东有一海岛，名东瀛岛，前时名为倭岛。当秦始皇时，术士徐福带童男童女三百入海求仙，即在该岛住下，男女匹配，生齿日繁，散居三岛，自立为国，号为日本国，又号扶桑。惟其土地生人极矮，故人呼为矮人国。后因其在亚洲太平洋之东，又呼为东洋。其地常有地震之患，故所建之屋，尽是木质。地多林木，所产狐狸野兽甚多，好事者每每纷传，谓常见狐仙出现，土人因该岛多出狐鼠兔雕等兽，每以田猎为乐，因而土人皆善射。后来风气渐开，渐入教化，文字文理与中国大同小异。历来自守疆土，不与别国通商，故亦不甚畅旺。自开埠通商，西人以东洋通达四洲，为畅旺之区，故亦到东洋贸易。由是日人步武西法，欲求振兴，派人出洋游历，以广见识，藉求自强之策。自明治改元以来，国渐富强，大修政事，开铁路，兴矿务，诸等善政一一举行。况倭国之主亦能亲贤礼士，任用一班出洋子弟以为辅弼，其国由是富强。此不在话下。自光绪元年，日人始起，四出谋生。日人所到之处，以朝鲜国为最盛，所到朝鲜之日人又以妇女为最多。后日人以朝鲜可获厚利，遂愈来愈多。至光绪十五年，在高丽汉城一处稽查，日本民数多至数万。若统韩国而计，其数便可想而知矣。日人自到朝鲜，向来安居乐土，半是操参茸之业。按朝鲜为日人繁盛之区，自然有日国钦使，以备保护商民，此是一定之理。

且说高丽自新君即位，政令失修，四郊多垒，民人正以为忧，更遭东学党之乱，民人受扰，不堪其苦。日国商人遂请驻韩钦使保护，日钦使以事关重大，未敢操权，乃发电回倭廷，请旨定夺。日国之武备院得接电信，不胜欣喜，暗思院内人员自出洋学就武事而回，各国修睦，不动干戈，常恨英雄无用武之地，今既有隙可乘，何不试演韬略？遂商议定计，请倭主借保商人为名，侵伐高丽，以辟疆土。倭主初听，意犹未决，后见众将戮力同心，勇敢忠诚流露言表，谅战无不克。遂派伊腾为总帅，择吉兴兵，以图韩国。有诗为证：

> 举世同讥硕鼠贪，恃强凌弱视耽耽。
> 悖入须知将悖出，佛法从来现钵昙。

欲知后事如何，且看下回分解。

第二回
保商民藉端启衅　救属国大义兴师

却说日本总帅伊腾自领了将令，整顿兵马，遂择吉起程，直望仁川水陆进发。倭兵藉以保护本国商人为名，故沿途一路无人拦阻。至六月中旬到了高丽，向釜山下寨，遥见华军驻札于釜山之南，帅旗招展，大书"统领淮军提督叶"字样，军容如火如荼，极其声势。倭兵于贼乱未平之前，便先欲与华军寻衅，每向华军夺取粮食器械。淮军那里肯容？故龃龉之事几于无日无之，幸两军主帅善于调停，未至生变。

六月下旬，有东学党匪大队，浩浩荡荡，沿途打家劫舍，直望仁川大路杀来。早有探子报知叶帅，谓贼兵已到。叶志超闻报贼至，即拨兵征剿，在咸镜道与贼相遇，两军接战，互有死亡。然东学匪党其势虽横，亦不过乌合之众，绝无纪律，何能抗拒王师？竟为淮军所败。淮军既获全胜，似有德色，是夜鸣角放枪，通宵达旦，以相庆贺。倭军见淮军太过自满，心甚妒之，于是亦放洋枪以演军威。数日后，亦有东学余党，沿途劫掠，所到之处，莫不遭其荼毒。韩国防守各处之军久闻东学党凶强，尽皆胆落，故凡匪党所到之处，官兵靡不望风而溃。由是匪党之势益张，甚至骚扰倭商铺户。倭商即报钦使，钦使立派倭兵击匪，匪力不敌，乃倒戈而走，倭兵尾追至四十里之外，方始鸣角收军。但东学党既为淮军所败，复受日人所攻，其势已弱，渐鸟兽散，而仍然四出劫掠，竟无虚夕。后中日两军协力清除，高丽始得安静。

匪乱既平，中日之军仍驻于釜山，以听调使。其乱已平，韩王大悦，命驾亲临釜山犒劳军士。一时大队貔貅，莫不欢声雷动，以俟奏凯班师。淮军统领叶志超亦已伸报朝廷，略谓全军大捷，因未奉廷谕，未敢班师等语。朝廷御览捷书，不禁大喜，方欲出谕着淮军班师，忽有总署大臣出奏，谓："班师之事不必着急，现下探闻倭有侵吞朝鲜之意，借保商人为名，分兵混入韩境。今匪乱既平，而大军尚盘桓于釜山，倭人之心诚未可测也。倘韩国一旦疏虞，中韩大有虞虢唇亡齿寒之势，须宜三思。班师之事，须待倭军撤退，方可发谕。"皇上曰："倘倭军在韩一旦有事，将奈之何？"又有御史跪奏曰："责以万国公法，倭军自退。"皇上遂命傅相移国书至倭廷，先谢其平匪之功，后询其屯军釜山之意。

倭政府得中国之书，数日之内，置诸不理，后因中国催促回书数次，遂草草回答，谓实无别情，不过聊以保护商民耳。皇上得览回书，不觉龙颜大怒曰："倭国无礼！朕必讨之。"问计群臣，何以使倭兵退出高丽境地，傅相奏曰："圣上不必着急，依臣愚见，不如先礼后兵，先下哀的美敦书，说以利害，限一月内尽将其兵退出，否则干戈从事，亦以见我国大度包涵也。"皇上曰："善。"乃命依奏而行。李傅相遂回衙写就哀的美敦书，发交总署，寄往倭廷，不知倭人如何回答，且看下回分解。

第三回
李傅相力持和局　倭政府横索兵资

却说傅相自奉了圣谕，于是回署写成哀的美敦书，交发总署，邮寄倭廷。倭政府接了是书，即行照奏倭主。倭主闻奏，乃大集群臣，问当以何言回覆中国。金曰："我朝未兴救韩之兵，久有侵吞中土之意，奈师出无名，难逃公论耳。今东学之乱，我兵得藉此生端，此天赐之机会，千载一时也。按中国哀的美敦书之来意欲逞干戈，若论战，则我国以整整之军容、素练之士卒，而挡中国乌合之众，尚何患其不胜哉！"倭主曰："明欺大国，得毋见罪欧洲之雄邦？"金曰："目下依臣愚见，不如先礼后兵。回答中国，谓我军不惮千里而来讨平韩乱，实无别情，欲保护商民起见。而我费尽兵饷以助朝鲜，劳师远出，平匪之功理当懋赏。请中朝代韩赔我兵费五十万两，我兵自退等语。如中国肯赔我款，则实受其利，日后再作良图；若不允时，我国在韩之兵便可乘机生事，侵犯韩疆则师出有名矣。"倭主闻奏，绝口称善，谕令依计而行。

倭官领了廷谕之后，一面照计回答中朝，一面令各部院商议，筹集军需以便开仗。武备院深惧兵士太少，不敷调用，乃设下新例，张贴告示，令富者捐助巨款以应军需，贫者每户必须出丁一口

6

以充兵数，倘查得匿而不出者，必按律治罪。无论从军之人是否孤儿独子，亦一体冲锋陷阵。各行生理，皆要厚征军费。举国之民以事关军国，只得勉从。

中国总理各国事务衙门接了倭国回书，即行奏知皇上，并述倭廷无礼，有启兵衅之意。皇上闻言大怒，立欲发兵伐倭。傅相李鸿章奏曰："知彼知己，百战百胜。如我国与倭交战，臣不知藉何策以取胜于人？我国虽地大物博人多，所不宜战者有五。"皇上问："何谓五不宜战？"李傅相奏曰："中国兵勇虽多而素不操练，临事合而成军，不知阵法，所以不宜战者一也。枪炮药弹平日储备不多，一旦有事，必从外洋购取，道途远隔，接应恐不相继，至误大事，所以不宜战者二也。中国地大港多，防不胜防，守不胜守，倭客我主，又不知其攻击何处，战舰太少，调用不敷，首尾不能相顾，所以不宜战者三也。倭人商务极小，我国商务极大，倘一旦用兵，商务必有阻碍。泰西之国所以与我修好者，皆念在通商起见，倘一旦构兵起衅，商情或有阻碍，西人或从中生端，且绿林匪类从而四起，内外难防，所以不宜战者四也。现数年来，中国时事多艰，国用不敷用度，况慈禧端佑康颐昭豫庄诚寿恭钦献皇太后六旬庆典将届，巨款待需，所以不宜战者五也。依臣之见，到不如权且赔款，然后将国政大修，训练士卒，以为后图，方是妙策。"傅相此奏，实有自知之明。圣上方欲息拒倭之心，而京中大小臣僚早已探闻傅相劝皇上赔款请和之议，有翰林院百余名咸抱不平，皆谓傅相心怀私见，自保身家，日本蕞尔小邦，财薄民稀，何得任其欺我上国耶？乃聚会于贤良寺前，商议联名封章入奏，力请与日本开仗。

皇上览过奏本，圣心犹疑未决，即日命驾至南海宫，见过慈禧皇太后，奏知此事。慈禧皇太后闻奏大怒曰："倭本小国，

7

藐视上邦，岂可以赔款请成，以失国体？自当兴兵问罪。倘患军饷不敷，可将六旬万寿举行庆典之款拨出一半，以资用度。"皇上领了太后懿旨，翌日早朝出谕兴师伐倭之事，李傅相闻言出班启奏曰："圣上既欲开仗，臣有一计可以敌倭。"不知所献何计，且听下回分解。

第四回
流火月中倭失和　中秋日釜山开仗

却说李傅相见满朝文武多是喜战而不喜和，遂亦从权，不复重挽和局。又见皇上决意开仗，亦不能不设良谋徒然坐视。无奈上前献策曰："我国素来以和为贵，本无争战之心，故偃武修文，全未讲求战事。今一旦与倭人失和，倭人必旦夕入寇，仓猝之间，则我国将何以御敌？到不如派人诈与倭军讲和，阻延时日，那时我各军好着急整备，可战可守，方为上策。"皇上曰善，乃命依计而行，傅相遂发电至中国驻韩钦使袁世凯观察，通知此事。是时倭亦稍知中国用计，然亦谅中国不能有为，遂置之不问，任由中国布设。

是时海军衙门亦由恭亲王管理，稽查兵轮之数，实为短少，不敷调用，遂出令着从洋行租赁商轮，以充海军调运军粮器械差使。后由南洋大臣刘岘帅坤一在怡和洋行租高升轮船一艘，又租图南商轮，从山海关载兵四百余名前往仁川御敌。此军系平日由德员汉纳根训练有素，为中国最精之兵。不料事机不密，竟为倭人奸细探悉，早已报知倭营。倭人即派巡船前往探听虚实，并命见机行事。

倭船得令，鼓轮起程，直望太平洋南下，正驶至百余里之间，见有两轮鼓浪而至，扯起英国商人旗号。倭船料是图南、高升，及驶至近前，倭人即鸣号炮一声，以搜私为名，阻止两轮去路。按万国公法，每逢两国交兵，别轮不准与该两战国载运军火粮食，故倭船此次能藉搜私之名以阻二船去路。是时船上汉纳根所带之兵乍闻倭船当路，均恐为倭所擒，遂各持洋枪面止舟师，不许其停轮暂泊，如违则先击舟师，后击倭人。舟师见众情汹涌，便勉强听从，鼓轮直往。倭船见高升、图南尚鼓浪而行，全不以号炮在意，俄而上了炮旗。而图南、高升仍不理会。倭人遂放了两口鱼雷，只是虚发，倭人再发一炮，正中高升船旁，俄而全船沉没江中。图南睹此情形，料难逃脱，遂停车泊止，敛手就擒。高升舟师见自己所驾之轮既经轰没，欲即下小舟逃命，惟船上之兵各欲逃命，均系争先恐后，以至小舟亦为之倾覆。汉纳根、高升轮船舟师、火掌等各在水面喊救，倭船以其非系敌国之人，遂放小舟拯救，将若辈一一救起。惟汉纳根以自己系中国教师不肯上倭小舟，宁愿毙命。片刻之间洋面有德国兵轮在洋游弋，鼓轮而过，见此凄惨情形，极力设法施救。先将汉纳根拯起后，又救回中国兵士四十余人，其余三百多人均占灭顶，尸流遍海，见者莫不伤心惨目。有诗为证：

尽心王事远从征，海舶乘风破浪行。
恨煞倭人先仗计，可怜义士尽捐生。

却说倭人既击没了高升，复捉了图南，好不闹热，不想英人闻知，以该两船之旗本系英国旗号，大责倭人不合公法，遂请钦使出头理论。倭人见事不谐，乃赔巨款，事方寝息。

话分两头，却说北京总理衙门闻报高升被击、图南被获，遂即入奏，皇上大惊，立出上谕，派恭亲王为军机大臣并在总理衙门行走。又谕各省督抚，无论何处，凡见倭船便当攻击，凡见倭人便当杀戮。此谕一出，各省督抚即出示，限倭人两日之内尽出中国境地，如违则作奸细究办。时南京有奸细二名，打扮得如中国游僧模样，每日在金陵借观山玩水为名，志在访察形势。一夜宿于客栈，店主以其形迹可疑，恐株连受祸，乃暗投捕厅，派人围捉。奸细正在安睡，忽闻人声鼎沸，大叫捉拿奸细，自知事机泄漏，急欲逃遁，无奈官兵已经近前，只得敛手受缚。翌日辰刻即解至督辕，刘岘帅察出真情之后，着即收禁，数日后即明正典刑。直至光绪廿二年九月中日商约告成，日人始收其骨，回国殡葬，此是后话。

自刘岘帅杀了奸细之后，中国各处更加戒严，出下赏格，张挂通衢，谓有能获倭人奸细一名者赏银五百两。于是四方豪杰宿将请从军伐倭者不知凡几，俱由军机处分调。其时调左宝贵、宋祝三、聂功亭、卫汝贵、卫汝成一班武将，俱分守北省要隘，以使倭人不能越雷池一步，此不在话下。

窃自中日未启衅之先，各国以上海为通商最要之区，遂由各国与倭言明，不许侵犯上海以碍商务。由是海军衙门料倭人必无侵犯南洋之意，遂欲将南洋之兵轮拨往北省调用，惟南洋大臣以该处兵力太小，恐防失守，力阻是议，其事方免。是时中国调往韩国之兵日过益多，其数不下二万。釜山附近之处，中倭虽常有争战，而其战不过如平常械斗一般。直至中秋日，华军贺节，放枪鸣角，威势凛然，大有开仗之意。倭人闻炮声隆隆，如雷贯耳，以为华军决意开仗，遂整队杀将出来。是时华军全未整备，且因贺节，士卒半是酩酊，闻倭兵杀到，不待军令，便与倭人接战。叶帅闻喊杀之声，知有战事，遂点起后队大军前来助战。是日，华军乘着酒兴，勇气百倍，便把倭人杀得大败而退。华军追杀二十余里，直至黄昏时候方始收军。是晚，叶帅传令，各军安妥营寨，以便养足锐气，以防明日倭人来攻。各营唯唯应命。是夜风清月白，华军全无赏月兴趣，惟各归营内，枕戈安息。亦多有为月色而感发思乡之念者，正是：

举头望明月，低头思故乡。

却说叶志超年近古稀，虽称宿将，亦不过是个贪生怕死之徒。从前剿平发匪之功，多是有名无实。是晚胜了倭人回寨，闷闷不乐，细想倭人兵士之勇锐、枪炮之坚利，自问未易取胜，今日得胜倭人，实属侥幸之事，釜山谅亦难以久持，倘有疏虞，吾老命休矣。思量反复，竟难成寐。后心生一计，即刻传令，谓芽山险阻，大宜驻札大兵，然其地亦为韩京咽喉，亦不可空手送与人。于是自统其军大半，退守芽山去讫，只留细半残卒把守釜山。由是军士莫不暗骂其贪生怕死，各有懒慢之心。叶军连夜去后，翌日倭人探悉华军后队逃走，即报知倭主帅。倭帅初疑其计，数日犹不敢进军，后探得确实叶帅退入芽山，倭帅知其有畏敌之意，即移军进攻。当时釜山华军自叶帅去后均皆懒慢，闻倭兵杀来，即望风逃溃，釜山遂为倭人不劳而得。倭在釜山停顿两日，又思进取，乃命大军打点行程，望仁川进发。不知后事如何，且听下回分解。

第五回
毁王宫韩君被捉　焚禁地世子出奔

　　却说倭军自夺了釜山，直向仁川进发，军兵所过之处，匪类乘机窃发，抢掠资财。良民受其骚扰，甚属不堪，各处被害尤甚于东学党之乱。是时韩国之民为乱所逼，变作盗贼者不知凡几。东学余党乘机结联盗贼，其势复振，每与倭人接仗，虽有勇敢之士，独奈军械不精，所以凡战必败。倭人过了数日，已到仁川下好营寨，歇了一日，即打点进取汉城。

　　一时汉城之民闻倭军杀到，异常震动，扶老携幼，远出避难者实不胜数。倭人未到之先，韩官业已逃遁一空，守此土者只有中国钦使衙门之兵并韩王御军，共计有二三百人，正如以一杯之水，救一车薪之火，怎能抵挡得住？遂为倭人所败。倭人既获大胜，遂将中国钦使衙门焚烧，是时火势炎炎，遍天通红，大有殃及鱼池之势，民家屋宇亦多遭火劫，韩民惨哭之声震天动地。倭军乘着火势，杀入内城，走进宫殿欲捉韩王。惟见宫门紧闭，倭人遂将禁门击开，一涌而入。是时高王、高后闻喊杀之声，正在怆惶无主，忽见倭人蜂拥而入，不觉大惊，举止失措，便问倭人之来何意。倭人已不由分说，竟将高王捆缚而去。所有内监宫人倭人尽皆放出，又将宫内所有奇珍异宝迁去一空，所留余物恐民人窃取，乃命纵起一把火来，并将禁地焚毁。当时无人敢往灌救，只任得祝融氏兴尽而去。

韩王被捉之时，有御园栽花之人闻得倭人杀入内宫将高王、高后捆缚而去，不禁吓得面如土色，遂即走报汉城总兵金敬存兴兵救驾。金总兵闻报失色，仓皇间手拿洋枪，直向倭军追赶。大叫："倭人还我主人！"倭人那里揪采，只得直去。金总兵心急之甚，奈赶又赶不起，心上更觉着急，不禁大怒，便将洋枪向住倭兵之后便击将起来。倭军后队见人来攻，即转身回了一轮枪，将金总兵击毙于路。倭人回营，即解韩王夫妇之缚，置之客位，留寓驿馆，款之甚优。

却说倭人到内城之时，韩王太子闵蕊恰值在外出游，未遭擒获。按韩世子生得面如傅粉，唇若涂脂，且风流高雅，性好游玩以为自娱。故此次倭兵临城，因出忠清道游耍，所以得免于难。后闻人报君父被擒，世子不禁大哭，即欲回至汉城与倭人理论，后经随员苦谏乃止。随员且教以出奔学业，以图报仇雪耻。世子遂问群员当往何处，随员金以上海为畅旺之区，能通各处口岸，不如先到上海，然后再作别图。世子曰善，遂即投上海去讫。正是：

从今四海为家日，怜君何事到天涯。

却说韩世子自到上海，即在法界密采里酒店居住，一连住了几月，无所作为。按世子为逃之人，资斧所带无多，沿途费用俱系随从者供给。其相从出亡之人以胡氏为最富，那胡氏本系登徒子之流，一到上海，见沪北之烟花繁华满目，竟忘却了丧国亡家之惨，每日挟妓饮酒，存不以国事为念；又恋着一妓，在同安里居住，那妓名张书昭，与胡氏有啮臂盟共订白头之约。不料一夕与友人共饮于公阳里林文香名校书家，共席之妓皆如花如玉，未免把那张书昭相形见拙，胡氏大为不乐，闷闷而散。及后闻人说兆贵里林黛玉名妓貌美而艳，且善于媚人。于是厚掷缠头，以求相近。怎知那林黛玉生平品性乖张，不惯留人住宿，全不以胡氏为意，把那胡氏弄得七颠八倒，空费资财。且胡氏结纳一班棍猾酒肉之朋，故不久把那胡氏所有之资尽付东流之水。韩世子以胡氏在沪酒色是耽，断难有为，乃拒之而不与共事。胡氏留落申江一年之久，得病而亡，所遗酒色余资，仅足自殡。

却说韩世子在沪住了五月之久，殊觉无聊，细想上海虽为繁盛之地，谅难有所作为，况大丈夫本当自立，屈于此间究非了局，到不如舍此别往。乃问从臣当往何处，众臣曰："不如到北京一行，乞怜中国天朝，苟见怜于殿下，或能见用。倘见用，则权且安身，以待国难稍平，或有回本国之日。"世子遂雇招商局轮船，直望北京进发。既抵北京即投拜礼部，诉说避难出奔本意。惟礼部以自韩国生乱以来，韩国之民声称韩员到京乞怜者不知凡几，真伪莫辨，故不敢以一面之辞信其为韩邦世子，而亦姑怜其逃难远来，乃赠银百两，以尽怀柔远人之礼。太子自思中国如此相待，料不能靠，乃离北京，径投东洋在神户八田郎酒店暂居，每日到处投拜明师学业，安份守己，以待太平。于是东洋各大员见韩世子和顺积中，英华发外，将来必为韩国生色，多有以女求婚于世子者。惟世子以齐大非偶，殊非良匹，遂一一婉言辞去。世子自到神户，每日以笔墨生涯糊口，直至光绪廿二年七月中日修好和约告成，世子方回韩国。返国之后因出亡时曾欠八田郎酒店费用不下千两，后经驻韩领事讨收，世子迁居避

15

债，此是后话。有诗为证：

　　　国祚式微更遇灾，沦落天涯实可哀。
　　　东宫不比王孙富，拾级高登避债台。

要知后事何如，且听下回分解。

第六回
叶志超芽山传假捷　伊腾氏水道建真功

　　却说倭帅自得了汉城，先安置好高王、高后，派人分守各处津隘，出榜安民之后，又思进发，乃命大军向芽山进攻。叶志超闻倭军又到，不觉胆落，又思再退。惟是时平壤乃系左军门宝贵镇守，忖思左军门本系忠义之士，又恐其察悉自己畏敌而逃，故不敢再退。直至倭军到时，乃勉强点兵应敌，战未数合，全军奔溃。叶军退去三十余里下寨，查点士卒，丧失大半。叶志超败了一阵，心中忧闷，暗想有一日从军，必有一日丧于倭人之手，到不如假言战死，远远逃去，尚可保全。又虑将来沿途上或有人认出破绽，一时传扬出来，岂不是反为不美？遂心思一计，伸报朝廷，假传芽山大捷，连日逃出韩邦，走往别国。那时人皆以我芽山大捷，谁疑我逃走？沿途定必无阻，庶几可以脱身。立意已定即发电北京，声言芽山大捷，斩了倭将数十名，又杀倭兵无数。一时北京得接红旗捷报，莫不雷动欢声，此不在话下。

　　叶志超既发了电之后，连夜逃走，奈因是时韩国值遭兵燹，并无船只运客往来别埠。故叶志超必从陆路至奉天，方能搭轮他往，后来沿途之上颇闻有微言，传说自己逃避之事，恐难出外，遂托言兵败，乃投入奉天总兵左翼统领卫汝贵营中去讫。

17

却说倭军翌日进攻叶军，叶军一时无主，全军解散，兵士不战而溃，粮草辎重尽为倭人所得。话分两头，倭将总统军务水师提督伊腾氏自击沉高升之后，从未尝与中国兵轮接过水战，派船遍洋游弋，亦不曾与中国兵轮相遇，心甚思疑。后闻巡船报说，谓中国兵轮尽屯集于鸭绿江大东沟之处。伊腾氏闻报，即命各船进兵往攻。各船得令，放炮起程，直望大东沟上驶。

是时中国统领水师提督丁禹昌闻倭船将到，乃大集水师将弁，商议破敌之计。忽有致远兵轮管驾邓世昌进策曰："倘倭船来攻，依我邓某愚见，必将大队兵轮分列于大东沟四面埋伏，待倭船进了大东沟，我水军环而攻之，可获全胜也。"丁统领曰："此计非为不妙，但恐我水师炮手习练枪炮日少，骤未精熟，反被倭人直进。到不如我有一谋，管教倭船不能进我东沟雷池一步者。"邓管带便问计将安出，丁统领曰："倭人将到时，便将我大队兵轮摆成一字长蛇阵，横向大东沟口，以逸待劳，倭船一临，我军便乱放炮，倭船必有为我所轰没者矣。"邓管带曰："据大帅之谋，不过与倭船迎面相击而已；若两面对攻，则我之炮能乱击倭船，而倭之炮亦何尝不能乱击我舰耶？大帅此计请再三思。"丁统领曰："彼寡我众，何妨与其对攻？"遂不用邓管带之谋，即传令兵轮大队排成一字长蛇阵。邓管带领了军令，即仰天长叹曰："良谋不见用，吾辈身无死所矣！"

是日午刻，倭船大队威风凛凛，一路击鼓而来，不移时两军相对，枪炮之声势如雷电，彼此互攻，战了两点钟之久，胜负不分。吴管带见未得胜，便驾着广甲兵轮直冲而出，放了一炮，正中着倭人兵轮名架把马鲁。倭船架把马鲁即带伤逃遁。俄而邓管带驾了致远、林管带国祥驾了广乙快驶上前，与倭军对面攻击，放了一炮正中着倭军座驾船，伤了副水师提督之臂，是时倭军本欲败走，因见

18

华军方伯谦所带之济远船似有退避之势，于是倭军料将成功，倍加奋勇与华军攻击。未几，方伯谦竟然畏敌，即驾船远遁，因而军心怠慢，遂渐渐相率而逃，只有广丙、致远两军船与倭力战。迨后邓管带谅众寡不敌，恐失手被擒，乃下令即鼓轮将船与倭船相撞。俄而致远与倭船俱皆沉没，邓管带见船将沉，便跳入江中尽节。惟平日管带畜有义犬一头，待之甚厚，见管带下水，其犬以为失足误跌，遂投入水面以救其主。当时虽潮流甚急，而犬尚苦咬邓管带辫发，随流而去。倭兵见邓管带有犬拯救，恐其从死里逃生，即放枪向犬攻击，正中该犬之首，未几即与其主葬于鱼腹之中，忠臣义犬一齐尽节。后人有诗以美之：

> 报国捐躯仰邓君，忠臣义犬策殊勋。
> 出师未捷身先死，名勒旗常处处闻。

邓管带既投水尽忠之后，吴管带尚驾着广丙兵轮奋勇交战，后见寡难敌众，且战且走。该船已为倭炮击了数次，幸是船身褊少，命中良难。然船上之木料早已为炮火焚烧，尽成灰烬，自败走之后，行了数日，回至旅顺。当其至澳之时，水军中人莫不诧异其得生还，亦莫不颂吴管带之善于驾驶。有诗为证：

> 管带从来赖隽才，顷刻安危力可回。
> 从此三军欣再造，欢声雷动赋归来。

要知后事如何，且听下回分解。

第七回
失牙山李中堂被议　毙东沟邓管带追封

　　却说中国海军提督丁禹昌不用邓管带之谋，至为倭人所败。皇上闻而大怒，即将丁禹昌降三级留任，并削去赏穿黄马褂。方伯谦未战先溃，至慢军心，着交刑部按正军法治罪。于是过了数日，方伯谦即斩于市曹示众，以为未战先溃者戒。皇上以邓管带世昌秉性忠勇，势穷投水尽节，不受敌人所辱，实属忠节可嘉，着准宣其绩于国史以表其忠，又追封壮节公，世袭轻车都尉，并赐朱笔御书"壮节"二字扁额，张挂孝堂，以昭其绩。又赏库银二千两，以为殡葬之礼。皇上封过了邓管带，百僚无不叹服，谓皇上之赏罚严明。

　　话分两头，却说倭人自叶志超去后，夺了牙山，又思进攻平壤一带。是时平壤系由左军门宝贵镇守，早有探子报到倭人杀来。左军门闻报大怒，便点人马与倭人接战。不想其所统之兵均系新募得来，未经操练，抵挡不住，竟为倭人败了一阵，退三十余里下寨。随即星夜派人伸报军机，作速添兵救援，并述叶军畏敌逃走等语。皇上闻奏，龙颜大怒，即着提督宋祝三查办叶志超，又责李傅相用人不善，着交部议处。后由部议覆奏，谓李鸿章不善用人，责实难辞，罪有应得，惟姑念平日功绩，请加恩从轻办理，革去赏穿黄马褂并三眼翎。而李傅相革去了两件恩赏之物，心中难免气煞，后闻道途传说，谓叶军之败，实由军械不精所至；细查此等军器，本系由某道台所办。李傅相心疑其有不忠于差使，故即行召某道台到署查问。某道诸多巧辨，而傅相那里心信？不禁怒甚。而某道仍摇唇弄舌，巧辨如流。傅相怒发冲冠，举掌直批其颊。是时某道见傅相大怒，不敢再言。按傅相与某道本属琐琐姻娅，故某道不与理论，恐失亲情，然亦未尝不畏傅相之势。那时傅相见海军之失皆由丁统领不用良谋以至于败，乃传令海军统领，着其嗣后务宜小心，不可轻举妄动。所以中国海军尽退入旅顺，不复出洋游弋。军机处自接左军告急文书后，即连发电至奉天，着淮军左翼总兵卫汝成、卫汝贵兄弟领兵应敌；又恐奉天省兵力尚少，遂请皇上发旨，调南澳镇刘永福前来御敌。皇上准奏，即下上谕，着刘永福调来奉省以御倭人。惟刘永福先已奉命镇守台湾，力辞不肯应召，并上本覆奏朝廷，略谓中国军情殊多制肘，所以难胜倭人者即是之故。若令黑旗军赴敌，除非兵权全归主帅。若照旧章则自愿照常镇守台湾，以报圣主。况台湾一岛多产五金，倭人垂涎已久，黑旗军一出台地，难保无虞，所以台湾一岛断难调离黑旗军也。奏上后，坚执不肯应召。过了月余，台湾打狗之火药局忽然焚毁，查其失慎之由有谓系从兵丁吸烟失火者，有谓系为奸细纵火者。自药局焚毁之后，刘大帅言于众曰："台湾将有烽火之警，而药局无故自焚，未始非先兆也。"遂每日练兵甚勤，以为御敌之计。此是后话不提。再说左军门既为倭军败了一阵好不烦闷，连日与其部将马统领玉昆商议破敌之策，更于四处巡查，以防奸细。马统领言于左大帅曰："倭人兵士之精、枪炮之利可以智胜，不可以力取。我有一计，便可收复平壤。"左军门闻言，不禁大喜便闻计将安出。不知所献何计，且听下回分解。

第八回
复平壤左宝贵中弹毙命　逃汉地马玉昆盗马背尸

却说左军门宝贵既败了一阵，心中闷闷不乐，每日与马玉昆商议破敌之计。一日左军门正在四方观察地势，马玉昆见倭人军容之盛，若非用智，恐难取胜。马玉昆曰："某有一计，可以收复平壤，不知大帅能否听用？"左军门闻言，喜不自胜，便问何计可行。马玉昆曰："倭人自到韩邦，战无不克，其军心必然自满。莫若我军连夜撤去，埋伏于险隘之地，倭军必以我如叶军之畏敌逃走，定必长驱大进。那时我军突出，攻其不备，然后大帅亦亲统一军，暗袭平壤，以断倭人归路，则倭人不难为我一网而擒也。左军门闻言，深嘉妙策，着令依计而行，并传令大军分为两路，黑夜埋伏去讫。正是：

掘定深坑擒猛虎，安排香弭钓金鳌。

却说倭军既夺了平壤，休息数日正思进取，早有土人报到，谓华军星夜遁去。倭帅笑曰："此是叶志超一流。"即令大军直进，不想军行未及五十里，忽见一枝人马突然杀出，剑戟如林，炮弹如雨。倭帅见势不佳，自知中计，即着令大军退回平壤。各军方欲退

22

后，已闻华军号角齐鸣，传令军士努力追杀，于是倭人只得勉强死战，一时喊声遍野，血肉横飞，倭人大败。倭帅欲收拾残军奔回平壤。不想未到平壤，败将报说谓平壤已由左军门袭回了。倭帅闻言失惊，自知轻敌致败，乃领残兵在平壤之东七十里下寨。

翌日，汉城倭人救应之兵已到，倭帅喜曰："华军得胜，必不整备，我即移军攻之，可以复夺平壤。立即传令各营平明严装预备，辰刻进攻。"左军门闻倭军兵到，乃即点兵应敌。亲立于阵前，头戴红缨大帽，红顶花翎，身穿黄马褂，督令士卒放炮助威，军容甚盛。倭军未战之先，已有三分害怕。倭帅亦立于阵前，遥见有穿黄马褂者，知是左宝贵。遂传令洋枪队，谓有能击倒华军之身穿黄马褂者当有重赏。众枪手得令，遂各留心向定左军门攻击。时副将马玉昆亦立于左军门之旁，以至倭人一枪中其左足，登时跌倒在地。兵士作速救回，送往营中安歇，未几马玉昆复出，陈于左军门之前曰："吾看倭人之枪，每每向大帅而击，吾深为大帅忧。以末将愚见，请将黄马褂脱下，使倭军无从分别大帅，方保无虞。"左军门曰："吾之黄马褂系在疆场出生入死，得蒙御赐，今岂可畏死而去之？"遂不听马玉昆之谏，仍示其勇于阵前，自辰至午，未尝歇息。战了半日，仍未分胜负，两军互有死亡。直至午刻，倭人一枪射中左军门手臂，左军门恐军心有慢，忍耐痛楚，仍立阵前，勇加百倍。各兵卒见左军门带伤迎敌，绝无退缩之心，不禁军心奋激，倍加死战，奋勇争先，一时枪炮齐鸣，击毙倭人无数，于是华军大捷。因左军门伤了左臂，不便追赶，遂即收军。是晚左军门之枪口受毒入心，及至半夜，溘然长逝。其忠且勇，后人有诗叹之：

尽孝由来可尽忠，受伤犹欲建奇功。
眷念君恩思授命，后人何处哭英雄。

却说倭帅早有谍使报到，谓左军门宝贵中弹毙命，不日班师回去奉天。倭帅闻言大喜曰："此天赞之机，不可失也。"传令整队往攻，将到平壤，早见有华军一队，旗帜招展，远远而来。倭人即刻迎敌。是时华军全未御备，况且又无主帅，遂各溃散。当时马玉昆见势不好，只得将左军门之尸背了在后，即策马而走。倭兵望见，各图立功，遂直向马玉昆追赶，放了一枪，中其马足，其马负痛倒毙于地。马玉昆既失马，只得负了尸首，徒步行走。沿途之上，但见尸横遍野，血流成池，不禁凄然泪下。又走了数里，尽是茂林旷野，正值天朗气清，惠风和畅。正行之间，闻有马嘶之声，马统领大惊，以为有日兵截其去路。后细察之，见有征马一匹缚于树下，又有倭员一名，脱下号衣，席地而卧，梦入黑甜。马玉昆遂隐隐进前，盗去其马，并盗得倭人号衣，穿着起来，即纵马加鞭而走。俄而倭将睡醒起来，战马号衣均皆不翼而飞，四处搜寻，全无踪迹，惟是遥见单人匹马远远逃走，其所穿兵衣并所乘之马甚像自己之物。倭将疑是同人将其戏弄，乃疾呼曰："还我马来，戏无益也！"马玉昆那里揪采，只得急急加鞭而去。倭将看了一回，叫了数声，又无答语，既失其衣，爰丧其马，无奈垂头丧气而返。欲知后事若何，且看下回分解。

第九回
左夫人为夫报仇　宋将军登坛点将

却说马玉昆负了左军门之尸，策马加鞭，赶了数日，已行抵北京。一面伸奏朝廷，一面使人往甘省报丧，不在话下。却说左夫人闻报，放声大哭，痛恨倭人，并誓必为夫报仇。而左军门之党亦各有不平之意，遂各唆左夫人兴兵报仇，必当尽心尽力。夫人乃依众议，出下榜文，招募兵士。按左军门乃回回教中人，且平日善得人心，故榜文一出，不满十日已招就有六千余人之谱，个个俱系敢死之士。左夫人择定吉日出师，即由甘省起程，先向北京进发，军容如火如荼，约束有规有矩，所过之处秋毫无犯，鸡犬不惊，帅旗之上大书"左夫人为夫报仇"字样。按陕甘二省崇奉回教之人多系耳戴铜环、衣服捆边，与女装差近，故沿途所过之处，愚民见之者纷纷传说，左夫人所带健儿尽是女兵，即此之故。

左夫人起程之后约一月之久，已行抵北京，向兵部表奏朝廷，求请陛见，并述代夫报仇本意。皇上看过本章，止之曰："中国堂堂之上邦，满朝文武与左军门报仇者何患无人，何必使妇人从军，为外邦见笑耶？"遂不许为夫报仇之事。皇上特谕礼部，议恤左军门并着照尽忠报国一体优恤，又赏银三千两，以表夫人忠节。左夫人领赏之后见皇上不许统兵报仇，只得含恨而止。于是由北京奉左军门灵柩运回甘省安葬，定期在京开吊，是日各部院大臣均皆亲临祭奠，一时素车白马，烂其盈门，其生荣死哀，后人称颂，至今不绝。亦有诗赞之：

> 臣心百折亦难回，赢得生荣死亦哀。
> 烈魄忠魂当共吊，同僚尽着白衣来。

却说左军门旧日部卒并左夫人新募报仇军士统计不下万人，自随左夫人回到甘省之后，咸谓圣朝封典太薄，又不许与左军门复仇以雪国耻，于是咸有怨心，异常震动，遂四散谣言，谓倭人将攻甘省。一时愚民无知，咸以为真，你传我说，竟启乱端，聚集万人，揭竿作叛，名曰回党，势极猖獗，杀官据地，无所不为，匪势极凶，西宁、狄州、兰州均皆失守。陕甘总督杨昌濬、甘肃提督雷正绾以办理不善，均皆革职，后由皇上派董军门福祥带兵征剿。王师到境，大小数十战，始得克复西宁、狄州、兰州等处。回匪退入盍洲，出没无常。董军门征剿年余，方能奏凯。此是后话。

话分两头，却说倭军自侥幸胜了大东沟之水战，即从鸭绿江登岸，直望奉天省进发。是时奉天省凤凰城摩天岭系宋祝三主帅镇守，闻报倭人已从鸭绿江登岸，遂传令各将严加防守，并各处要隘皆驻札重兵。盖州、金州等处亦嘱聂军门功亭大加整备，以便接应。自时奉天各属皆固若金汤，所以倭人虽上了岸，仍不能轻进雷池一步。一连半月，未尝用兵。某日有倭兵数十名在凤凰城附近骚扰人家，村民喊救，为宋军之兵看见，不禁大怒，便不请军令，即与倭兵杀将起来。倭兵势不能敌，大败而逃。后经宋大帅探闻属军不待军令轻于接战，不禁大怒，立即令传营官责以一百大板，以为军中约束不严者戒。是时宋帅犹恐兵力单薄，咨请军机添兵，后由

26

军机调两江总督刘坤一前往北省领兵应敌，又调两湖总督张之洞署理江督之任。自张香帅下车以来，戒严防务，南洋各处口岸均着安置水雷，四处张挂告示，招募新兵，并出赏格严拿倭人奸细。并凡出洋学艺子弟愿投督署候调者，皆每月给膏火五十两以备商量战事。当时南洋人士莫不称颂办理军务之得人。有诗为证：

> 经济长才善设施，忠心酬报圣君知。
> 恰值四方多外侮，端赖贤臣好护持。

要知后事如何，且听下回分解。

第十回
减兵丁叶志超全家下狱　吞军饷卫汝贵兄弟捐生

却说宋帅在凤凰城分守要隘已妥，每日派人四出打探倭人军情虚实，忽有谍者回报，谓倭人业已过了石桥。卫汝贵、卫汝成因侵吞军饷，营官不服，大军久已逃遁一空，卫汝贵、汝成于临阵时只得用叶志超之众与倭人接仗，因华兵太少，寡不敌众，于倭人洋枪队轰击未完而华军早已各鸟兽散。汝贵、汝成、志超见军心已解，谅难久持，亦不久来投我营矣。宋帅仰天长叹曰："上下交征利，安有不败者乎?"着令再往打听得来。

未及半刻，早有营官报说卫汝贵、卫汝成、叶志超亲来求见宋帅。宋帅曰："卖国之贼亦有面目来见我乎?"遂命传见。俄而叶志超等昂然直入，宋帅怒色不形，分宾主坐下，便问军情虚实。叶志超曰："败亡之将闯进大营，多多得罪。"宋祝三曰胜败兵家常事，着令请至后营安息。卫叶三人唯唯而退。宋帅私谓营官曰："此三个负国之贼今既自投我营，汝们切宜严密防守，勿使漏网，待朝廷上谕到来，然后定夺。"宋帅之所以不加罪叶卫三贼，实恐乘机生变，故以善言安慰，以便暗中行事。是夜宋帅即将卫叶三人情弊一一伸奏朝廷，参其减兵额、吞军饷、容纵士卒骚扰良民等弊。圣上闻言，不禁龙颜大怒，即将叶志超全家下狱，又着宋帅将罪犯解回北京按律治罪。宋帅奉了上谕，不敢违抗，即将三人起解不在话下。

且说卫汝贵、卫汝成递解到京，由刑部审了数次，录得实供，即行请旨斩决。但叶志超神通广大，且系宿将，故几次秋决仍未处斩。叶志超身遭监禁，自料法网难逃，死期已近，乃令其爱妾蓉屏将其家财广行善举，并在监内冬派棉衣，夏施葵扇，种种善举，无所不为。究之小善难补大恶，此是后话不提。

却说倭人自败了叶志超、卫汝贵、卫汝成，遂领大军浩浩荡荡杀奔凤凰城来。早有探马报知宋宫保。宫保闻言大怒，即点将出阵。倭人见宋宫保军威甚盛，便惧了几分，立即传令各军小心交战，不许乱动。俄而宋宫保传令洋枪队对阵。奈洋枪队轰放三次，不见伤及倭人一名。宫保大惊，自知军中所用洋枪全是旧制，所以不能远击，自料若非用计，料难取胜，遂命大军佯输诈败而走。倭军从左便石桥追赶。华军枪炮弹急如雨下，转从右便石桥杀来，倭军大败。时华军方欲追赶，惟倭人放起开花机器大炮，弹子如连珠，着实利害，华军皆不能前进，遂各收军回去。是役也，倭军统计阵亡之将共有三员，士卒死伤无数。华军大获全胜，阵上伤亡者不过四十余名，是时莫不欢声雷动，皆称宋帅用兵之神。

是晚宋帅又恐倭人乘夜劫寨，传令人不离甲，马不离鞍，以防疏虞。是晚竟不出宋帅所料，倭人思量宋军既获全胜，必不准备，率兵竟来劫寨，来到营门，见宋军皆作御备，慌忙退兵，又为宋军乘势追杀，伤亡甚多。宋宫保亦亲督一军去劫倭寨，直入中军，倭兵哄然走散，抢得军器粮草辎重无算。倭军大败之后，将士胆落，连日停战，不敢正视华军。倭人后打石桥数次，皆不能前进。倭军料不能取胜，见粮草将尽，只得全军退了，下船直回旅顺去讫。欲知后事如何，且听下回分解。

第十一回
倭人进取旅顺口　宋帅镇守凤凰城

却说旅顺港口虽是一掌之地，实为北洋门户。船坞、军火、粮食、器械多在其间，各处炮台俱系用石砌成，坚固异常，大有金汤之比。且海口狭窄，敌船非轻易入，险阻之处极多，虽三尺孩童守之可保无虞，虽西国至强之兵莫敢觊觎。倭人之所以移兵至旅顺者，初时亦非进取，不过用以行疑兵之计，每日在旅顺口岸三十余里之外上行下驶，枪炮空击，以疑华军。是时旅顺系龚观察照玙、黄仕林等一班贪生怕死之辈镇守，每日听闻倭人之船炮声隆隆，不禁吓得心胆俱落，遂即驰递告急文书，请宋宫保率兵救援。

宫保接到告急文书，作速移兵前去，谁想来到旅顺，宋宫保观察倭人情形，知其是疑兵之计，急欲领兵回去。惟龚照玙等再三苦留，又欲犒师等件，但宋宫保料知凤凰城一定为倭人暗袭，乃决意星夜回去。正行至三十余里间，忽有谍报，谓自宋大帅兵行之后，凤凰城已为倭人袭取。宋帅闻言大惊，着众军奋力兼程，以图恢复凤凰城要地。行了数日，已回至凤凰城，但见倭军业已弃城而遁。宋帅叹曰："龚照玙不知兵机，误中倭人疑兵之计，旅顺危矣！吾本欲将兵往救，奈已无及。又虑凤凰城为倭人所袭，则我退无归路，如此奈何？"想了半晌，忽发急檄，请总兵聂功亭前往救应旅顺。

却说倭人自袭得凤凰城，因恐粮草不继，故舍了凤凰城，直从金州绕道袭取旅顺。当时倭人水军全未知陆军暗袭旅顺之事，每日从旅顺口经过，见华军驻守旅顺之人全不似坚守样子，遂相议取旅顺之计。正在相议间，忽有巡船到来，说及倭兵绕道金州暗袭旅顺，倭水师提督闻言，即欲进取。忽有倭营都司进谋曰："旅顺险阻，炮台坚固，且海口狭窄，若从前面水道攻之，彼虽用三尺孩童保守，亦万无一失。今我军从陆路暗袭其后，而水军长驱大进明攻其前，两面夹攻，则华船不难为我一网而擒也。"倭帅曰："此谋非为不妙，但恐我陆路之兵未必得志，将奈之何？"都司曰："观龚照玛等辈，俱系贪生怕死之流，吾料陆路之兵战无不克。吾只有一虑，因中国北洋海军尽聚于旅顺之间，倘我军直行杀入，则华人海军恐遭一网而擒，必然奋力死战，所谓置之死地而后生，则我军未必全胜，如此奈何？"倭帅曰："此事不难。"即传令水军尽在旅顺口外埋伏，待华军出时方可驶入。并吩咐不必追赶。使华军无心交战，则旅顺可得也。众军听令，此不在话下。

且说倭军从金州小路杀奔旅顺而来，早有谍子报知龚观察。龚照玛闻言不禁心寒胆落，慌忙无主，遂暗中逃去。黄统领仕林探知龚照玛经已闻风远遁，遂亦逃走。俄而倭兵将到，各兵弁不见了统领，军中无主，遂各散去。可怜旅顺船澳炮台费尽国家巨款，百余年之积聚，为中国最险固之区，今一旦未战，而竟付与敌人之手，良可惜也。倭人一到港内，便占据各处炮台，随即开炮，弹子如雨，向华船乱击。华船见势头不好，即鼓轮逃出港口，正与倭船相遇，一时互相攻击，前后受敌，进退无门，华军无心恋战，即向威海逃避而去。其时倭人志在夺得旅顺，遂教收军，退入旅顺。

据言倭军攻至旅顺之时，中国海军中人尚多有在戏场观剧者，

31

丁统领禹昌亦在其间，后闻告警，方始遁回兵舰。及倭人既得旅顺，该处戏场尚在开演，每日观者如常闹热。倭营官安好了寨，亦多有跑至戏场观剧。有伶人名朵朵红与云仙花旦，竟然媚敌，手执戏单，跪请倭人点戏。倭将不禁失笑曰："丧师失地，汝等尚在此演戏耶？无耻之徒，直类禽兽耳！"乃叱之去。那伶人羞惭不已，唯唯而退。倭军既得旅顺，所获船澳、机器、军械、粮草、货财、宝物无算，不胜之喜，各相庆功，欢声雷动，此不在话下。要知后事如何，且听下回分解。

第十二回
斩倭将聂功亭立功　贺新君黄之春出使

却说聂功亭得了宋宫保调救旅顺文凭，于是披星带月，昼夜兼程，行了数日，将到旅顺，早有谍使报说龚观察照玙、黄仕林等均皆逃走，旅顺已为倭人所夺。聂功亭闻言不禁惊骇，本欲即时派兵征剿，以图恢复旅顺，惟恐倭人暗袭金州、摩天岭、盖平等处，断其归路，只得着急赶回盖平。

正安好营寨一日之久，早有探子报说，倭人已袭金州，不日将杀奔盖平来也。聂帅闻言大怒，即刻整兵接战，遥见倭兵所用之枪灵敏异常，无远弗及，华人步军已为其败了一阵。聂帅益加震怒，即令马队从倭军后面攻击，倭军大败。是时华军乘着胜仗，勇加百倍，奋力血战，斩了倭将一名，并击毙士卒无数。聂军门大捷之后即写表申奏朝廷，并请失救旅顺之罪，此不在话下。

话分两头，且说京中闻报旅顺已失，各皆大惊，咸谓旅顺为北洋喉咽，粮草军械多在其间，今此地为倭人所得，倭人从此羽翼已成，势难与敌矣！将来北省各处津隘岂能安枕无忧乎？初犹不敢直奏圣上，及后噩报迭闻，不得不照直启奏，圣上闻言，不禁大惊，便问百僚有何高见，能将旅顺克复。各官俯首无策，皇上益加烦闷，后文华殿大学士李鸿章奏曰："臣闻俄皇驾崩，现新君即位，该新君前作太子时到日本游历，曾为日人谋刺新君，心中记恨，未尝去怀，非不欲报此一刀之仇，奈未逢机会耳。今我国命一介之使前往俄邦，藉以吊旧贺新为名，与其共修密约，以敦国好，并说俄国兴师伐倭问罪，以报一刀之仇。俄皇若允出师，倭人自然收兵回国，那时乘势攻之，旅顺可复也。"皇上曰："朕恐俄兵未必轻易为我而出。"李鸿章曰："俄人久欲在北方西伯理建一铁路，绕出黑龙江，直达珲春等处，以便商务。奈黑龙江为我国属土，不肯通道，故至今仍未成功。今我国权宜变通，准假黑龙江，俾其建此铁路，俄人获益而喜，则俄人肯容倭人履足于此耶？"圣上听罢奏表，便问当派何臣前往。后经群臣保奏湖南按察使黄之春前去，定当不辱君命。皇上准奏，便令黄之春择日起程。

黄之春领了圣旨，不敢延慢，重洋远涉，历尽风霜，数月之久已到俄国。行旌甫驻，休息数天，即投拜俄国相臣引见俄皇，呈上国书，问俄皇圣安毕，先吊旧君之丧，复伸贺新君即位之礼，并与俄皇周旋数日，意颇相投，遂订成中俄密约，永辑邦交，重敦邻好。俄皇大悦，便赏功牌一度与黄之春以记其功。且说黄之春自订成密约之后，不敢稽留，遂作速告辞，赶回中国。当出俄京之时，俄国大臣亲临旅邸，与黄之春饯行把盏者济济有众，黄之春一一宣谢，遂离了俄京，即回中国。沿途海道平安，且喜锦帆无恙。岂料行抵西贡，将欲登岸时，忽被土人行刺，轰放洋枪，正中黄方伯之臂。幸喜吉人天相，过了数日，由西医诊治，喜占勿药，举动如常，此话不题。

且说京中文武大小官员自黄之春出使之后，恐倭人杀至北京，托病告假者不知凡几。是时户部奏称军需孔急，请旨设法筹集款项。后由军机暨户部议奏，将文官五品以上、武官四品以上各将鹤俸裁减一半，又派员前往外洋筹款，以济军需。黄观察公度、陈太史伯陶均同往星架波埠筹款，惟星架波之华人洞悉中国官场之弊，不甚乐于捐输，惟新旧金山各埠商民不忘父母之邦，助捐颇为踊跃。皇上又颁发谕旨与各省督抚，饬令留心军务。并筹资款以应军饷，又谕令凡有奇才异能者不拘方类，切实保奏，一体录用。是时泰西国人来投效中国军营者源源而至，更有美洲人从旅顺杀得倭员二名，携了首级，投谒山东巡抚李秉衡。李中丞大悦，即赏洋银千两，便命前往威海投入丁提督营中以商战务。是时中国北洋兵舰俱皆屯聚威海，咸谓有金城汤池之固，敌人断不敢正眼相觑矣。欲知后事若何，且看下回便知。

第十三回
聂功亭耐寒御敌　倭主帅畏冷退师

话分两头，且说聂功亭在金州连日杀敌，不计其数。倭人闻而胆落，虽连日攻打金州等处，奈华军坚守，一月之久仍攻不下。聂功亭本欲进取倭寨，恐粮草不能接应，故不敢远移大军，只得死守金州、盖平等处。是时正届隆冬时候，朔风凛冽，忽有一日，浮云隐隐，暗日蒙蒙，转瞬之间大雪纷纷，横山遍野尽变了银堆世界。倭帅大鸟出望，一见大喜曰："华军连日胜仗，必有骄敌之心。今我军可当此苦寒，统军劫寨，聂功亭可擒也。"遂吩咐整备劫寨，众将严装御备，只候令出起程，此不在话下。

且说华军之众多有未豫便皮衣御寒，一时北风甚烈，寒冷难堪。各兵士因向营官讨取皮衣御冷，鼓噪异常。聂帅闻得吵闹之声，探得系从征军士因讨领皮衣而起，聂帅不胜愁闷，有参将便问所因何故。聂帅曰："今日当此苦寒，吾料倭军必来劫寨。今我军皮衣全然未备，将奈之何？"参将曰："大帅不必愁闷，某有一计，以逸待劳，不难将倭人一网打尽也。"聂帅便问有何妙计，参将曰："际此风天雪夜，我军可从近营之处多掘陷坑，放之满水，半日之久，水面定然尽变浮冰。倭兵一来，我军便妆成全未整备模样，弃寨而走，倭兵定然劫入我营，图夺我军粮食，时倭人定必中计。"

聂帅闻言大喜，遂依计而行。是晚倭军果然乘着大雪，便杀向华军营来。华军闻倭兵杀到，即诈败而走，是时遍地皆雪，如白银平铺，那个得知有陷坑御备？倭帅故不疑是计，遂令杀入寨内。倭兵得令，遂乱踏冰雪，向华寨而进。讵将至营前，重重叠叠，陷入穴中，为雪冷毙者不计其数。华军不费一弹，不折一矢，大获全胜。聂帅大获胜捷，遂具片伸报朝廷。圣上龙颜大悦，即着犒赏兵士每名大钱一仟、皮衣一件，以奖其耐寒御敌之劳。一时各兵领赏，圣泽咸沾，均皆欢声若雷，此不在话下。

且说倭主帅大鸟弄计不成，反折了许多兵马，心中闷闷不乐。相持数日，华兵或战或守，倭将屡战屡败。倭人无计可施，只得坚守不出。后由倭帅设计，用厚资贿赂愚民，使作奸细，遂从小路将兵士大半浑入了金州，以作内应。至夜候，倭帅大鸟又统一军来取金州。聂帅全不害怕，即整队应敌，正在死战，胜负未分，忽闻人报，谓倭人从后路来袭金州。聂帅闻报失惊，便即回军，以图恢复。华军虽奋于死战，奈奸细极多，窝藏敌人在金州城内出没无常，不分昼夜乱来攻击。一连十日，倭人照样施计。聂帅见军心皇皇，皆倦于战斗，料难将金州恢复，遂舍了城池，直奔凤凰城而去。倭人志在得地，亦不追赶，直移大军进金州地面，将寨下好，出榜安民之后，即拨兵夺取盖平。

是时盖平虽有左翼统领高元鼎镇守，惟兵势极孤，每与日人交战，众寡不敌，俱皆大败。故高元鼎亦弃了盖平，投奔凤凰城而去。倭军夺了金州，复得了盖平，遂用财利以结愚民之心，直向北省杀去。惟所到之处，皆卫汝成兄弟一流，望风而走，不满一月之久，已将到牛庄。但牛庄为西人通商之埠，倭帅未敢轻入，先向日廷请旨方再用兵。是时正值穷阴凝闭，凛烈海隅，倭军所给者皆单薄绵衣，又要耐寒苦战，况倭人素不惯耐风雪，因而冷死者实不胜数。倭帅恐失军心，遂定下计策，着将大军南下以避冬寒，俟至春暖天时再行出战，惟每日所行不过十里八里，以骗各军。正是：

劝君莫羡封侯事，一将功成万骨枯。

欲知后事若何，且看下回分解。

第十四回
吴清帅自请从戎　宋宫保临危大战

却说中国探得倭人夺了金州等处，北省各隘口更加戒严，此不在话下。且说湖南巡抚吴大澂自中倭开仗以来，每日讲求武事，颇为尽心尽力，募得兵士数营，名为湘军。此军虽由西员训练枪炮步伐已有数月之久，所学尚未精熟。惟吴大澂乃是文官，从翰林中出身，未尝亲临战阵，故视战事为儿戏，见所募各勇皆高长大汉、三湘子弟，俱系敢死之士，料战无不克，因警报频闻，不觉雄心顿起，遂上表请命出征，统带湘军前往应敌。圣上览过表章，见其一片心诚，遂准其所奏。吴大澂领了上谕，遂由湘省整队起行，直望山海关进发。

过了数日，已行抵山海关，投拜刘岘帅坤一。刘岘帅相见之后，少叙寒暄，即命其领兵往天妆台镇守，倘有不测，即向凤凰城求救，便万无一失。

吴大澂奉了军令，回营即发出告示晓谕日兵，其示云：

帮办军务大臣头品顶戴兵部尚书兼都察院右副都御史湖南巡抚部院吴为出示晓谕事，本大臣奉命统率湘军五十余营，训练三月之久，现由山海关拔队东征，正、二两月必当与日本兵营决一胜负。本大臣讲求枪炮准头十五六年，所练兵勇均以精于枪炮为前队，堂堂之阵，正正之旗，能进不能退，许胜不许败。湘中子弟，忠义奋发，合数万人为一心。日本以久顿之兵，师老而劳，岂能当此生力军乎？惟本大臣以仁义之师行忠信之德，素以不嗜杀人为贵。念尔日本民人各有父母妻子，岂愿以血肉之躯当吾枪炮之利？迫于将令，远涉重洋，暴师在外，值此冰天雪地之中，饥寒亦所不免，死生在呼吸之间，昼夜无休息之候，父母愁痛而不知，妻子号泣而不闻。战胜则将之功，战败则兵之祸。拼千万人之性命，以博大鸟圭介之喜快。念日本之贤士大夫未必以黩武穷兵为得计，本大臣欲救两国民人之命，自当开诚布公，剀切晓谕，两军交战之时，凡尔日本官兵逃生无路，但见本大臣所设投诚免死牌，即缴出枪刀，跪伏牌下。本大臣专派仁慈廉干之员收尔入营，一日两餐，与中国民人一律看待。亦不派做苦工，事平之后，即遣轮船送尔归国。本大臣开诚晓示，天地鬼神所共鉴，决不食言，致伤阴德。若竟迷而不悟，拼死拒敌，试选精兵利器，与本大臣接战三次，胜负不难立见。迫至该兵三战三北之时，本大臣自有七纵七擒之计。请鉴前车，毋贻后悔，切切特示。

此示张贴山海关通衢数日，欲以慢倭军之心。惟倭人视为没字碑，全不畏葸，绝无来降者。迨吴大澂将到天妆台时，每日闻接仗之炮声隆隆，未战已有几分胆怯，但已领圣旨，又不能半途而回，遂无奈勉强赶程前往。行了数日，业已行抵天妆台，安好营寨，休息两日，倭帅便派队来攻。吴清帅闻报心中皇皇无主，出下号令，着军士死守勿出，又派人前至凤凰城宋营求救。宋宫保得报，即拔队起程，往救天妆台要地，不数日，宋军已到。吴清帅胆量颇壮，遂择吉日与倭人接仗，令其兄吴大良统领前军。不想未战之先，已为倭人之炮声吓破其胆，立即毙命。吴清帅得闻其兄凶报，益加吓煞，未至阵前，一闻炮响便弃寨而走。是时宋宫保统领之军特来接应，不想吴清帅乱军投奔而来，致宋军之众亦为吴军冲突，自相践踏，死者不计其数。宋宫保睹此情形，不禁大惊，立鸣号角，教军士奋力死战，宣言粮草俱在天妆台，若天妆台有失，我兵俱皆饿死矣。众军以为真言，遂奋勇死战，相战半日之久，始能将天妆台恢复。吴清帅几乎吓死。宋帅见其情形殊属可怜可笑，遂安放他在后营调理压惊。吴清帅自请从戎之事，后人有诗叹之：

书生厌乱起雄心，阵上忘携退敌琴。
寇氛未灭先遭败，谅此忠诚亦可钦。

欲知后事如何，且看下回分解。

第十五回
除夕夜倭人犯威海　元旦日华将救登州

却说吴大澂自天妆台战败之后，不敢再出，遂即修表回朝请罪。圣上见其一片心诚，遂开恩着回湖南巡抚本任。吴清帅奉了上谕，即时赶回湘中，是时两湖顽民不禁鼓噪，便谓吴清帅本无将才，本不应自请从戎出战，今统率湘军闻风先溃，致贻三湘子弟之辱。遂聚众欲议，不许其进城复仕。后经该省官绅出为排解，其事方始寝息。复任数日之后，圣上以吴大澂言过于实，不宜重用，遂罢其职，使回乡里，无庸到京陛见等语，此话不题。

且说倭水军自据了旅顺，便将旅顺所有贵重器皿迁掠一空，便将铁舰派出旅顺口外四处游弋，一连半月，未尝遇有华船，心甚疑惑。后探得中国北洋水军俱屯集威海卫口内，四处亦布置鱼雷，比之旅顺，格外严防，攻取不易。倭水军提督曰："不入虎穴，焉得虎子？"遂领大队战舰奋勇往攻。是时早有中国巡船探得此事，即刻赶回威海，报与丁统领禹昌知之。丁统领闻报，不禁大怒，立即传令每日加意训练水雷。丁统领得接消息之时，正届小除夕祭灶之日，丁禹昌据谍使消息，忖度倭军行程当在大除夕夜方能驶到威海，乃命各军将小除夕作新年庆贺，大犒各军，以示体恤。及既过数日，果然不出丁提督所料，正正除夕夜，倭人已到威海，炮弹如雨，向威海炮台乱击。守台之人极为勇敢，水雷统带蔡廷干乘着倭军不备，轰放鱼雷，正中倭人船舰名曰金马，当即沉没海中。倭舰欲勉强驶入威海，又为鱼雷船安排周密，环而攻之所以不能前进。倭人连攻数日不下，只得令大队兵轮将威海卫围得水泄不通，枪炮之声不绝于耳。而保守炮台之弁内有西人十余名，中有二名极为勇敢，一为科士打，一为史的份，连日亲临阵上，督令放炮，不避艰辛。所以倭人诡计虽多，竟然数日攻之不下。

倭人见威海防务甚严，早知非轻易取，所以乘着元旦，派军一枝暗袭登州要地。登州地方官一闻倭兵到来，早已闻风逃溃，与倭战者只有登州义民。虽有奋勇，而军器全然不备，所以未久，即为日人所败。地方官自逃出登州之后，即时赶到济南府，投见山东巡抚李秉衡中丞，禀明登州失守，并求救援。李中丞闻言大惊，遂派员领兵三千往复登州。正在启行两日，又有威海卫丁提督差人来禀，谓威海甚危，请兵救援等语。李中丞闻言，益加惊恐，遂将救登州之兵调往威海，因而登州遂为日人所得。

未及数日，济南派来之救兵已齐到威海，丁统领遂派往刘公岛把守。倭将轮流攻击，华军保守甚坚，倭人百计攻取亦无济于事。见仗数日，华军亦颇得胜，而倭船日日增加，救兵陆续添到。统带水雷蔡廷干见倭人军威雄壮，胆战心惊，恐防有失，遂修书降倭。倭人以其技艺颇精，使其照常统带水雷。一自蔡廷干降了倭人之后，倭兵轮便长驱大进如入无人之境，占据炮台数处，丁统领见势头不好，即便传令教海军出战。不知胜负如何，且听下回分解。

第十六回
丁提督退守刘公岛　宋宫保二复天妆台

却说倭船自入了威海，丁统领心中着忙，立即出令教海军与倭船接仗。两军相对，正是棋逢敌手，战了数点钟之久，不分胜负。丁提督登高瞭望，问："西炮台何以并不放炮？"众将曰："不知何故，电线俱断，各炮台亦有些毁伤，须待修理妥善方能再用。"丁提督闻言，知内中必有奸细，惟见战舰炮弹将近用尽，诚恐威海炮台有失，反如旅顺炮台为敌人所用，遂教将威海炮台数座用炸药轰毁，又教战船且战且退，直退了入刘公岛驻札。

按刘公岛本是小岛，在威海之东，不过纵横数十里，只有炮台三座，四面皆海，内无粮食，平日在该岛居住者多是渔家。丁提督退入此地，诚为万不得已之策。倭人见华军退入刘公岛，知其不能久守，遂派兵轮将刘公岛围困，绝其粮道。此话暂停。

且说宋宫保自复回天妆台之后，威名大振，倭人一闻便生害怕，倭帅不敢正视宋军。至正月初二夜，宋宫保闻报聂营失慎，致兆焚如，于是即时点兵往救。倭帅亦探悉华军营中失火，本欲乘着火势来攻聂营，后闻宋宫保往救，料难成功，遂分了一半军马暗袭天妆台，自领一半来攻聂营。俄而宋宫保到时，聂军已邀大捷。原来华军并非失慎，却因聂帅诈用失火之计，以诱倭人来攻，用埋伏

44

兵杀之。聂出迎宋帅，互相欣贺，正在相庆之际，忽有谍使报到，谓宋帅离营之后，倭人已静中袭了天妆台了。宋帅大怒，即时辞了聂帅，便杀回天妆台而去。

宋宫保奋勇非常，于初五日大雪纷飞，宋宫保乘了大雪，领着大兵来复天妆台。倭兵不惯耐冷，抵敌不住，即得大败，舍了天妆台，退出别处进发。沿途一路俱系多用财利结纳奸细，以作乡导，不久已抵牛庄，遂从后路夺了营口。驻了几天，整队杀奔辽东而来。所到各处，官兵未战先溃，与倭接仗者只是义民，而义民多有从阵上战伤，无医调治，野殍堪怜。西人教士在牛庄睹此情形，殊深悯恻，遂建立红十字会医院，以为华军兵战伤就医之所，中西人士亦乐捐输，兵士从该院得庆生还者不胜之数。及至干戈宁息之日，皇上以该院救济有功，遂赏各西医四品衔并功牌各一道，此是后话，不必再题。

且说丁统领自退入刘公岛，好生忧闷，李中丞救兵亦不见到，心甚加着急，每日只得教人死守。倭人围了七日刘公岛，攻打不下，是时丁提督传令各兵船不许放炮，因恐炮弹将尽，不足敷衍，倘或刘公岛有失，立意下船与倭人决一死战然后逃走。众军得令，不敢轻动，此不在话下。丁提督镇守威海之事，后人有诗志之：

> 战舰高悬大将旌，水面权开细柳营。
> 倘得雄兵为保障，何劳威海作长城。

欲知后事如何，且看下回分解。

45

第十七回
伊东氏上书劝降　丁禹昌献船媚敌

却说倭提督伊东围困刘公岛数日，攻之不下，于是细想若不动兵力攻，围困日久亦无济于事，遂传令教大军务要奋力攻击。是时刘公岛一连被困了数日，丁统领便着各兵船以决死战杀出，惟船上各西人见势穷力竭，均有降倭之心，全无战意。丁统领自知难守，遂教用电线炸药将炮台轰毁，免资敌人所用。而炮台之人竟有不遵号令、不肯燃炮者。丁统领见令不行，即执洋枪轰毙兵丁四名，兵士方勉强。耐战两点钟之久，俄而倭兵见攻炮台不下，遂将兵船驶去。

伊东收军之后，细想丁禹昌本是自己幼年窗友，今日势孤力穷，到不如修书一封劝其投降，以免相持日久。主意已定，遂执笔作书曰："大日本国海军总司令官中将伊东祐亨致书与大清国北洋水师提督丁军门禹昌麾下：时局之变。仆与阁下从事于疆场。抑何不幸之甚耶？然今日之事，国事也，非私仇也。则仆与阁下友谊之温，今犹如咋。仆之此书岂徒为劝降清国提督而作者哉！大凡天下事，当局者迷，傍观者审。今有人焉，于其进退之间，虽有国计身家两全之策，而为目前公私诸务所蔽，惑于所见，则其友人安得不忠言直告以发其三思乎？仆之渎告阁下者，亦惟出于友谊，一片至

46

诚，冀阁下垂谅焉。清国海陆二军连战连北之因，苟使虚心平气以察之，不难立睹其致败之由。以阁下之英明，固已知之审矣。至清国而有今日之败者，固非君相一己之罪，盖其墨守常经，不谙通变之所由致也。夫取士必以考试，考试必由文艺，于是乎执政之大臣、当道之达宪必由文艺以相升擢，文艺乃为显荣之阶梯耳。岂足济乎实效？当今之时，犹如古昔，虽亦非不美，然使清国果能独立孤往，无复能行于今日乎？前三十载我日本之国事遭若何之辛酸，厥能免于垂危者，度阁下之所深悉也。当此之时，我国实以急去旧治，因时制宜，更张新政，以为国可存立之一大要图。今贵国亦不可不以去旧谋新为当务之急，亟从更张，苟其遵之，则国可相安；不然，岂能免于败亡之数乎？与我日本相战，其必至于败之局，殆不待龟卜而已定之久矣！既际此国运穷迫之时，臣子之为邦家致诚者，岂可徒向滔滔颓波委以一身而即足云报国也耶！以上下数千年、纵横几万里、史册疆域炳然庞然、宇内最旧之国，使其中兴隆治，皇图永安，抑亦何难夫！大厦之将倾，固非一木所能支；苟见势不可为、时不云利，即以全军船舰权降与敌，而以国家兴废之端观之，诚以些些小节，何足挂怀。仆于是乎指誓天日，敢请阁下暂游日本，窃愿阁下蓄余力以待他日贵国中兴之候宣劳政绩，以报国恩。阁下幸垂听纳焉！贵国史册所载雪会稽之耻、以成大志之例极多，固不待言。法前总统末古末哑曾降敌国以待时机，厥后归助本国政府更革前政，而法国未尝加以丑辱，且仍推以为总统。土耳其之哑司末恒拔香夫利加那一败城陷而身为囚奴，一朝归国，即跻大司马之高位，以成改革军制之伟勋，迄未闻有挠其大谋者也。阁下苟来日本，仆能保我天皇陛下大度优容。盖我陛下与其臣民之谋逆者，岂仅赦免其罪而已哉！如榎本海军中将、大鸟枢密顾问官等量其才艺，授职封官，类例殊众。今者非其本国之臣民而显有威名赫赫之人，其优待之隆，自必更胜数倍矣。第今日阁下之所宜决者厥有二端：任夫贵国，依然不悟，墨守常经，以跻于至否之极，而同归于尽乎？抑或蓄留余力，以为他日之计乎？从来贵国军人与敌军往返书翰大都以壮语豪言互相酬答，或炫其强，或蔽其弱，以为能事。仆之斯书，洵发于友谊之至诚，决非草草，请阁下垂察焉。倘幸容纳鄙衷，则待覆书贲临，于实行方法再为详陈，谨布上闻。"

写毕，遣人赍至刘公岛，呈上丁统领。丁禹昌启书看罢，不觉凄然泪下，心中无主，忧闷殊常。正在踌躇之间，又有西员数名，异口同声劝其投降，以保众人之命。丁提督益加无主，遂将伊东手书之意与各西人商酌后，丁统领进退维谷，遂依众西人之意，于正月十八日用咨文回覆倭帅。其咨文曰："革职留任北洋水师提督军门丁为咨会事。照得本军门前奉贵提督来函，只因两国交争，未便具覆。本军门始意，必战至船没人尽而后已，今为保全生灵起见，愿停战事。所有刘公岛现存船只及炮台军械悉交贵营，但冀不伤中西水陆官弁兵勇民人之命，并许其离岛还乡。如荷允许，则请英国水师提督为证，为此具文。咨会贵军门，请烦查照，即日见覆。施行须至咨者。右咨日本海军提督军门伊东。"

即命广丙管驾张璧光乘坐镇北小舰，竖白旗赍往倭军。伊东立即覆函许可，并将香宾酒、蛎黄等三件馈送丁禹昌。张璧光归见丁禹昌，呈上倭帅回函，丁禹昌阅函后，即执笔回信云："伊东军门大人阁下：顷接覆函，深为生灵感激。承赐珍品，际此两国交争，不敢私受，谨以璧还，并道谢忱。来函约以明日交军械台舰等类，因兵勇须卸缴军装，收拾行李，为时过促，恐有不及，请展限至正月二十二日起，阁下进口分日，交收各件，决不食言。专此具覆，并请台安，诸希裁察。丁禹昌顿首正月十八日。外缴还香宾酒、蛎黄等共三件。"

丁禹昌写信既完，交与张璧光，命再往倭营投递。丁禹昌即入帐内，服食洋烟毕命。海军左翼总兵刘步蟾、护理右翼总兵杨用霖、记名总兵张文宣、尽先都司黄祖莲四人羞于降敌，亦同服洋烟而死。翌日，张璧光往倭营投书。伊东以丁禹昌既死，即与华军牛道台订立降约十一条。廿一日，华军全队出降，日营伊东上了刘公岛，收了战舰，即将华军籍隶东直之人送回威海，闽粤之人送回烟台，其丁统领等灵柩五具及中西员弁则由康济轮船运送烟台。康济经过各处，倭船无不鸣炮申吊。倭提督伊东亦亲到康济兵轮，盛设礼物祭文奠酹丁禹昌，以表同窗友谊。祭罢后即回刘公岛，修表回国报功，此不在话下。丁统领献船媚敌之事，后人有诗叹之：

> 势穷力竭尚沉吟，仰药捐躯谢古今。
> 独惜献船思媚敌，谁能略迹且原心。

欲知后事如何，且听下回再讲。

第十八回
山海关刘岘帅练军御敌　顺天府翁司农请主迁都

却说北洋海军自蔡廷干、丁禹昌纳降之后，各皆奔回天津，投谒北洋大臣王文韶禀报此事。王制军闻言不胜惊骇，于是不得不据情上奏。圣上闻言，龙颜大怒，立即出谕，着兵部不必议恤丁禹昌，其刘步蟾等四人见危授命，照阵亡例议恤，所有海军中人一律革职，又将山东巡抚李秉衡降二级。

是时刘岘帅探得倭人军势如此披猖，遂即出下告示，在山海关招民团练，每日亲自督率操练，日夜巡防，颇为尽心尽力，又教山海关一带文武各官专心防务。是时刘岘帅过于忧勤，以致积劳成病，且山海关水土不合，至成疴症。按刘岘帅素有烟霞癖，故无知之徒纷传刘岘帅之病是疴烟漏，以至轻薄之子匿名揭帖，有"刘岘帅洋枪生锈、烟枪生光"之说。此毁誉失真，有识者自能略迹原心也。

且说倭人自到了营口，刘岘帅核计途程，料倭人约一月之内便可到山海关。于是一面表奏，请朝廷添兵防守，一面整顿兵马御备应敌，朝廷闻言，不禁大惊，谓倭人势如破竹，不日将杀至山海关，如或山海关有失，则北京尚得安然无虑乎？乃问群臣有何妙策。后经翁大司农同龢出奏，谓倭人军威大振势难敌，不如将皇都暂迁，方为万全之策。及后又有数枢臣皆奏此议未尝不可。皇上便问当迁往何处，有劝其迁入蒙古者，有劝迁至金陵者，一时众议沸腾，不能折衷一是。皇上入告慈禧端佑康颐昭豫庄诚寿恭钦献崇熙皇太后，太后亦无主意，便谕皇上商之恭邸。恭亲王应召入宫商议，亦无定见。后复商之李中堂，李中堂力止之，曰："迁都之议万不可行。倭人现在侵扰北省，如迁入蒙古，则倭人能到山海关，独不能入蒙古乎？如或迁至金陵，倭人若从南洋来攻，又将何计以御？今者兵船已绝，须用何法以御敌人于未战之先？臣久已深知中国之力，未足以胜人，故力持和局，奈人之多言，甚属可畏，且武员纷纷言战，臣亦不敢固执以拂众人之心。及至今日一败涂地，劳民伤财，且为欧洲群邦见笑。为今之计，若多战则多丧地之辱，不如及早请和，实为万全之策。"皇上听奏，心甚疑惑，遂复将李傅相所奏与恭王、庆王熟商，亦各称是，并请皇上决意请和。皇上主意始定，便着总署修了国书，赍至东洋外政府，略谓中国大皇帝以中日失和，两国生灵涂炭，深为悯恻，倘贵国愿重修旧好，以救两国生灵，是诚所愿。倘纳此言，自当派星使特来贵国订议和约等语。日政府接了求成国书，即刻回答，略谓敝国与上邦失和，实非本心所愿。今贵国既悔前非，重修旧好，敝国敢不听从？然修和立约，事关重大，祈派大臣为使，方能胜任等语。北京总署既接回信，遂照奏明皇上。后由皇上分发张侍郎樵野为正使、台湾巡抚邵友濂副之，同到倭国以修旧好。后人有诗叹之：

战事如同一局棋，丧师失地亦堪悲。
最怜命使求和日，应悟当时国事非。

要知后事如何，且看下回分解。

第十九回
请休兵干戈暂息　议和约星使启行

却说中国自接回书简妥星使之后，即电达倭廷，请休兵十天，以便商酌和议。倭廷业已允肯，于是张侍郎樵野、邵中丞友濂并德员德璀林一路出京，由天津驾轮前往。初本欲在旅顺订议，后倭人以道途远隔，不便行事，遂请至东洋马关。未几天，张、邵两星使已到东洋马关，与倭大臣会议，奈倭人挟求甚奢，所开节略，皆事关重大。张、邵二星使固不敢主持，凡事必电至总署动问，方敢回覆。倭大臣陆奥、伊藤二人深以为不便，遂发电至中国，另简重臣为使。后由恭亲王奏派重臣李中堂前去，皇上准奏，遂将李傅相之黄马褂、三眼翎等件一一赏复，即授以全权大臣之任到倭议和，择吉起程，此不在话下。

且说李傅相自由京到津暂驻，适值一日，拜访各大宪途路之上，见民间住眷一所，门前贴时联一对云：

> 宰相合肥天下瘦，司农常熟世间荒。

傅相一见，细想自己本是合肥县人，翁同龢本是常熟县人，明知此联是讥讽自己。因细想该联之语，理亦不谬，遂亦置之不问。

在津停顿两日，即乘轮直往东洋马关，沿途平安，且喜顺风，至光绪廿一年二月十四日已抵马关。倭主命人殷勤迎讶，款之甚优。李傅相即于是日午后二点半钟带同参议李经芳及参赞官三人，乘舆登岸，赴会议公所，与伊藤、陆奥及书记等官六人坐定，寒暄叙毕，

伊云："中堂此来一路顺风否？"

李云："一路风顺，惟在成山停泊一日，承两位在岸上预备公馆，谢谢！"

伊云："此间地僻，并无与头等钦差相宜之馆舍，甚为抱歉！"

李云："岂敢。"

伊云："本日应办第一要事，系互换全权文凭。"

当由参议恭奉敕书，呈中堂，面递伊藤，伊藤亦以日皇敕书奉交中堂。伊令书记官阅诵英文，与前电之底稿相较，陆令书记官将敕书与前电华文之底稿相较，李令东文翻译与罗道比较日皇敕书，并所附翻译英文底稿毕。

陆云："日皇敕书是否妥协？"

李云："甚妥。我国敕书是否妥协？"

伊云："此次敕书甚妥。"

李复令罗道宣诵拟请停战英文节略，诵毕，将节略面交伊藤。伊藤略思片刻，答以此事明日作覆，旋问两国敕书应否彼此存留。

李云："可以照办。"

伊云："顷阅敕书甚属妥善，惜无御笔签名耳。"

李云："此系各国俗尚不同。盖用御宝，即与御笔签名无异。"

伊云："此次姑不深求，惟贵国大皇帝既与外国国主通好，何不悉照各国通例办理？"

李云："我国向来无此办法，且臣下未便相强。"

伊云："贵国未派中堂之先，固愿修好。然前派张、邵二大人

53

来此，似未诚心修好。中堂位尊责重，此次奉派为头等全权大臣，实出至诚，但望贵国既和之后，所有此事前后实在情节必须明白。"

李云："我国若非诚心修好，必不派我，我无诚心讲和，亦不来此。"

伊云："中堂奉派之事责成甚大，两国停战，重修睦谊，所系匪轻。中堂阅历已久，更事甚多，所议之事甚望有成，将来彼此订立永好和约，必能有裨两国。"

李云："亚细亚洲我中东两国最为邻近，且系同文，讵可寻仇？今暂时相争，总以永好为事。如寻仇不已，则有害于华者未必于东有益也。试观欧洲各国练兵虽强，不轻起衅。我中东既在同洲，亦当效法欧洲。如我两国使臣彼此深知此意，应力维亚洲大局，永结和好，庶我亚洲黄种之民不为欧洲白种之民所侵蚀也。"

伊云："中堂之论甚惬我心。十年前我在津时已与中堂谈及，何至今一无变更？本大臣深为抱歉。"

李云："维时闻贵大臣谈论及此，不胜佩服。且深佩贵大臣力为变革俗尚，以至于此。我国之事囿于习俗，未能如愿以偿。当时贵大臣相劝云，中国地广人众，变革诸政，应由渐而来。今转瞬十年，依然如故，本大臣更为抱歉。自惭心有余力不足而已。贵国兵将悉照西法，训练甚精，各项政治日新月盛。此次本大臣进京与士大夫相论，亦有深知我国必宜改变方能自立者。"

伊云："天道无亲，惟德是亲。贵国如愿振作，皇天在上，必能扶助贵国如愿以偿。盖天之待下民也，无所偏倚，要在各国自为耳。"

李云："贵国经贵大臣如此整顿，十分羡慕！"

伊云："请问中堂何日移住岸上，便于议事？"

李云："承备馆舍，拟明日午前登岸。"

陆云："明日午后两点钟便否再议？"

李云："两点半钟即来。"

伊云："我与贵大臣交好已久，二位有话尽可彼此实告，不必客气，此次责成更重。"

李云："贵大臣办事有效，整理一切，足征力大心细。"

伊云："此系本国大皇帝治功，本大臣何力之有？"

李云："贵国大皇帝固然圣明，贵大臣赞助之功为多。"

李云："两位同居否？"

伊云："分居。"

李云："何日来此？"

伊云："陆外署三日前到此。本大臣昨日方至。平时往来于广岛、东京之间，乘火车有三十余点钟之久，办理调兵、理财、外交诸务，实属应接不暇。"

李云："贵国大皇帝行在广岛几个月？"

伊云："已七月矣。"

李云："宵旰勤劳，不胜钦仰！"

伊云："诚哉！万几无暇。凡一切军务国事以及日行谕旨，皆出自亲裁。"

李云："此处与各处通电否？"

伊云："与各处皆通。"

李云："本大臣有电回国。"

伊云："前张大人等来此，本大臣未曾允电，此次自应遵命，饬电局照发。"

李云："当时未曾开议故耳。"

即彼此相问年岁，伊藤五十五，陆奥五十二。

李云："我今年七十三矣。不料又与贵大臣相遇于此。见贵大臣年富力强，办事从容，颇有萧闲自在之乐。"

伊云："日本之民不及华民易治，且有议院居间办事，甚为棘手。"

李云："贵国之议院与中国之都察院等耳。"

伊云："十年前曾劝撤去都察院，而中堂答以都察院之制起自汉时，由来已久，未易裁去。"

伊云："都察院多不明事务者，使在位难于办事。贵国必须将明于西学、年富力强者委以重任，拘于成法者一概撤去，方有转机。"

李云："现在中国上下亦有明白时务之人，省分太多，各分畛域，有似贵国封建之时，互相掣肘，事权不一。"

伊云："外省虽互相牵制，都中之总理衙门当如我国陆奥大臣一人专主。"

李云："总理衙门堂官虽多，原系为首一人作主。"

伊云："现系何人为首？"

李云："恭亲王。榎本与大鸟两位现办何事？"

伊云："榎本现任农商部，大鸟现为枢密院顾问官。请问袁世凯何在？"

李云："现回河南乡里。"

陆云："是否尚在营务处？"

李云："小差使，无足重轻。"

李云："全权文凭既已妥善互换，所有应议条款，祈即开示，以便互议。"

伊云："当照办。"

当即与订明日午后两点半钟会议，并订明日午前十点钟移住岸上馆舍。即散。欲知议和若何，且看下回再说。

第二十回
赴和议李相就宾馆　请停战伊侯索要地

话说光绪廿一年二月十五日午前十点钟，李傅相偕同随员人等移住岸上馆舍，即于是日午后二点半钟仍在原所与伊藤、陆奥会议。

李云："承备馆舍甚佳，有宾至如归之乐。谢甚！"

陆云："前备行厨相待，乃中堂辞却，只得遵命。"

伊云："中堂昨交停战节略，现已备覆。"

即将英文朗诵，另备华文，交参议阅后转呈。

陆云："英文字句较为明晰。"

罗道即将英文译诵一遍。

李云："现在日军并未至大沽、天津、山海关等处，何以所拟停战条款内竟欲占据？"

伊云："凡议停战，两国应均沾利益。华军以停战为有益，故我军应据此三处为质。"

李云："三处华兵甚多，日军往据，彼将何往？"

伊云："任往何处。两军惟须先定相距之界。"

李云："两军相近，易生衅端。天津衙门甚多，官又将何为？"

伊云："此系停战约内之细目，不便先议。试问所开各款可照办否？"

李云："虽为细目，亦须问明，且所关甚重要，话不可不先说。"

伊云："请中堂仔细推敲，再行作复。"

李云："天津系通商口岸，日本亦将管辖否？"

伊云："可暂归日本管理。"

李云："日兵到津，将住何处？"

伊云："俟华兵退出，即住华兵营盘。如不敷住，可添盖兵房。"

李云："如此岂非久踞乎？"

伊云："视停战之久暂而定。"

李云："停战之期谁定？"

伊云："两面互商，但不能过久。"

李云："所据不久，三处何必让出？且三处皆系险要之地，若停战期满议和不成，则日军先已据此，岂非反客为主？"

伊云："停战期满，和议已成，当即退出。"

李云："中日系兄弟之邦，所开停战条款未免陵逼太甚！除所开各款外，尚有别样办法否？"

伊云："别样办法现未想及。当此两国相争，日军备攻各处，今若遽尔停战，实于日本兵力有碍，故议及停战，必须有险要为质，方不吃亏。总之停战公例分别两种，一则各处一律停战，一则唯议数处停战。中堂所拟乃一律停战也。"

李云："可否先议那几处停战？"

伊云："可指明几处否？"

李云："前承贵国请余来此议和，我之来此实系诚心讲和，我国家亦同此心。乃甫议停战，贵国先要踞有三处险要之地，我为直隶总督，三处皆系直隶所辖，如此于我脸面有关。试问，伊藤大人设身处地，将何以为情？"

伊云："中堂来此，两国尚未息兵。中堂为贵国计，故议停战；我为本国计，停战只有如此办法。"

李云："务请再想一办法，以见贵国真心愿和。"

伊云："我实在别无办法。两国相争，各为其主。国事与交情两不相涉，停战系在用兵之时，应照停战公例。"

李云："议和则不必用兵，故停战为议和第一要义。如两国尚相战争，议和似非诚心。"

伊云："若论停战，应有所议之款，如不能允，不妨搁起。"

李云："现如不议停战，议和条款可出示否？"

伊云："中堂之意，是否欲将停战节略撤回再讲和款？"

李云："昨日初次会议已说明。向来说话不作虚假，所议停战之款实难照办。"

伊云："中堂先议停战，故拟此覆款。如不停战，何妨先议和款。"

李云："我两人忠心为国，亦须筹顾大局。中国素未准备与外国交争，所招新兵未经训练，今既到如此地步，中日系切近邻邦，岂能长此相争？久后必须和好。但欲和好，须为中国预留体面地步，否则我国上下伤心，即和亦难持久。如天津、山海关系北京门户，请贵国之兵不必往攻此处。否则京师震动，我国难堪，本大臣亦难以为情。且此次争端实为朝鲜起见，今华兵业已退至奉天，贵国之兵惟尚未到直隶耳。如贵国之兵不即往攻天津、山海关、直隶地面，则可不必议及停战，专议和款。"

伊云："局面竟至于此，非余之过也。战端一开，伊于胡底，讵能逆料？此次交战之始，本大臣无时不愿议和，而贵国向无议和之诚心。自今以往，局面又将大变，所以议及停战，必须以大沽、天津、山海关为质。"

59

李云："以此三处为质，日兵不必实据，但立作质名目之条款何如？"

伊云："设停战之限已满而和局未定，所指三处又将与日军开衅矣。"

参议云："不必停战，但议和之时定一限期，不往攻三处，可否照办？"

伊云："如此办法与交战无异，和局未定，彼此相攻，终当相拒。"

李云："可否请先示议和条款？"

伊云："然则停战之议如何？"

李云："停战暂行搁起。"

伊云："停战一节未曾定结，恐议和时又复重提。"

李云："顷闻贵大臣谈及停战有两种办法，一为一律停战，一为指地停战。今不攻天津、山海关等处，即为指地停战之办法。"

伊云："中堂停战节略，系指一律停战。本国之兵散处夐远，实难一例停战。而所指数处停战，本大臣细思无法可保。且指地停战系于战场上会议而言，此处距交战之处甚远，所以不必议及指地停战。"

李云："即请贵大臣出示和款。"

伊云："此事业已说过，宜先将停战之议搁起。"

李云："停战之款未免过甚，万做不到，但既请我来，必有议和条款。"

伊云："议和之款业经办好。"

李云："即请见示。"

伊云："现在停战之议不提及否？"

李云："停战之款既难应允，且无别种办法，姑讲和款。"

李云:"中堂所交停战节略是否撤回,抑或拟复声明不能应允。"

李云:"照此办法之后,又将何为?"

伊云:"或再行议和。"

李云:"如此语气尚未定准,贵大人不云和款已备乎?"

伊云:"但看中堂复文如何。"

李云:"本大臣拟复文云'停战之款万难应允,姑且搁起,即请会议和款'云云。是否如此办法?"

伊云:"中堂初见停战之款,云应先仔细推敲以后再复,顷则遽云万难应允。还请中堂再想为是。"

李云:"迟数日再复。"

伊云:"几日?"

李云:"一礼拜后。"

伊云:"太久。"

李云:"假如复以不能做到,以后是否即商和款?"

伊云:"应请中堂将所呈停战之款仔细商量,或节略抽回不提,然后再商量和款。惟本大臣不愿贵大臣已将停战之议搁起,于议和时又复提及。"

李云:"和款一定,战即不议自停。"

伊云:"贵大臣究竟几日答复?"

李云:"四日后答复。"

伊云:"三日须复,愈速愈妙。"

李云:"议和条款不应如停战条款之太甚。"

伊云:"我想并不太甚。"

李云:"只恐过甚,难以商办。"

伊云:"此正两国所以派臣使会商也,下次会议日期可否先定？"

李云："且待细想复文。办妥或面交，或差送。"

伊云："听便。"

李云："复文办好，即遣人定期相会。"

伊问陆奥，答应如此办理。

李云："惟愿贵大臣力顾大局，所拟和款务须体谅本大臣力所能办，则幸矣。"

伊云："本大臣亦愿力顾大局，有裨两国，但不知贵国以为何如？"

中堂乃离席，各散回去，直至二月二十八日下午三点钟再与伊藤、陆奥第三次在原处会议，坐定寒暄毕后。李云："前次会议停战要款节略兹已作覆。"即诵英文，由中堂将华、英文二份亲送伊藤。伊阅英文，陆阅华文数遍，即指后半篇交其书记译出东文。陆奥译阅，又与伊藤对换华英文详校，复与伊东书记以东语相商甚久，似未能遽决之状。

于是伊乃云："停战之议，中堂是否搁起不提？"李云："暂且搁起，我来时专为议和起见。"伊复将英文反复细看，伊东乃以东语解之，伊复取烟卷，延时细想，乃云中堂未动身之先，自己与贵国深明辰下战局情形，诚心讲和，重修旧好。

李云："我年已迈，从未出外，今本国目睹时艰，且知我与贵大臣有旧，故特派来此，足征我国诚心议和，我不能辞。"

伊云："所议之事一经议定，必须实力践行。查贵国与外国交涉以来，所允者或未照行。我国以此事所关重大，派我来办，凡已应允者必能见诸施行。惟望贵国亦然。"

李云："贵大臣所言，想系道光季年我国与外国初交之时。咸同以后所定一切约章，皆经批准施行。即十数年前与俄国所办伊犁之约，稍有龃龉，随后即派使妥结矣。"

伊云："额尔金之约固未批准。我两国既派头等大臣会商定议，若不施行，有伤国体，而战端必致复起。且所以议和者，不独为息战，且为重缔旧好耳。我忝为敝国总理内阁大臣，凡所议定，必能实践。亦望中堂实能施行议定之事为幸。"

李云："我忝派钦差头等大臣，此次进京召见数次，实因此事重大，奉有明白训条。前屡与贵大臣言及，日后和款必须体谅本大臣力所能为。果可行者，当即应允。其难行者，必须缓商，断非三数日所可定议。请贵大臣即将和款出示。"

伊云："请俟明日交阅。"

李云："明日何时？"

伊云："请中堂择定。"

李云："十点钟可否？"

伊问陆奥，首肯。

李云："所示和款若与他国有关涉者，请贵大臣慎酌。"

伊云："何意？"

李云："如所示和款或有牵涉他国权利者，必多未便。我两国相交有素，故预为提及。"

伊云："此次议中东两国之事，他国皆在局外，未便搀越。"

李云："去年曾请英国从中调处，贵国不以为然，自无须他人调处。我两人商议之事，如不能成，恐无人能成矣。"

伊云："万一不成，则贵国大皇帝可以亲裁。欧洲各国议和，皆由国主亲议。"

李云："中国则不然。即恭亲王总理译署多年，亦未亲议条约。两国暂行相争，终久必和，不如及早议定为妥。去岁战端伊始，本大臣即苦口劝和，今已迟矣。"

伊云："战非幸事，亦有时不免。"

李云："能免不更妙乎？前美国总统格兰德游历过津，与本大臣相好，云'当我国南北交争，伤亡实多，后居总统，总不轻起争端。后时以此奉劝同志。中堂剿灭发捻，卓著战功，我劝中堂亦不可轻言战事'。本大臣尝奉此语为圭臬，此次起衅，贵大臣岂不知非我本意。"

伊云："兵，凶事也，伤人实多。有时两国时势交逼，不得已而用之。"

李云："战非仁人所为，况今日器械锐利，杀戮更众。我年迈矣，不忍见此。贵大臣年岁富强，尚有雄心。"

伊云："此次争战之始，议和甚易。"

李云："当时我亦愿息争，乃事多拂逆，时会使然。"

伊云："其时所求于贵国之条款无甚关系，未蒙应允，大为可惜。初战之始，我两国譬如两人走路，相距数里耳。今则相距数百迈，回首难矣！"

李云："终须回头。贵大臣总理国事，何难之有？"

伊云："相距数百迈，回走又须数百迈矣。"

李云："少走几迈不亦可乎？纵令再走数千里，岂能将我国人民灭尽乎？"

伊云："我国万无此心。所谓战者，乃两国将一切战具如兵船、炮垒器械等彼此攻灭以相弱耳，与两国人民毫无关涉。"

李云："现国家已愿和矣，自可不战。"

伊云："我兵现驻金州等处，见所有华民较朝鲜之民易听调度，且做工勤苦，中国百姓诚易治也。"

李云："朝鲜之民向来懒惰。"

伊云："朝民招为长夫，皆不愿往。我国之兵现往攻台湾，不知台湾之民如何?"

李云:"台湾系潮州漳泉客民迁往,最为强悍。"

伊云:"台湾尚有生番。"

李云:"生番居十之六,余皆客民。贵大臣提及台湾,其遂有往踞之心,不愿停战者因此。英国将不甘心,前所言恐损他国权利正指此耳。"

李云:"不守则又如何?"

伊云:"有损于华者,未必有损于英也。"

李云:"将与英之香港为邻。"

伊云:"两国相敌,无损他国。"

李云:"闻英国有不愿他人盘踞台湾之意。"

伊云:"贵国如将台湾送与别国,别国必将笑纳也。"

李云:"台湾已立一行省,不能送给他国。二十年前贵国大臣大久保以台湾生番杀害日商,动兵后赴都议和,过津相晤云'我两国比邻,此事如两孩相斗,转瞬即和,且相好更甚于前'。彼时两国几乎战争,我力主和局,倡议云生番杀害日商,与我无涉,切不可因之起衅。"

伊云:"我总理庶政,实甚烦冗。"

李云:"我来相扰,有误贵大臣公务,但此事商办恐需时日。"

伊云:"我国一切事务由皇帝签名后,本大臣亦须签名为证。至一切未经呈奏之件,本大臣亦应过目,我今来此,日行公事另有大臣代理,惟大事尚须自办。"

李云:"如是贵大臣在此,可久居相商矣。"

伊云:"各部办事仍在东京,惟公文办成即寄广岛。本大臣因此事所关至重,故一切国务,暂由他人代办。此地实未便久居。"

李云:"且待贵大臣所议和款如何,倘易于遵行,和议即可速成，否则仍需细商，需时必多，惟望恕罪。"

伊云："和款一事，两国人民盼望甚殷，愈速愈妙，万不能如平时议事延宕，且两军对垒，多一日则多伤生命矣。"

李云："闻贵国皇帝将往西京。"

伊云："尚未定，广岛天气不甚相宜，或徐往耳。"

当即起席各散，傅相正在出门登车，忽闻轰然一声。不知此声从何而至，且听下回分解。

第二十一回
出公所倭人谋相国　临驿馆日主送良医

却说傅相在会议所出来，方欲登车，忽闻枪响一声，有弹如豆，迎面击来，中正傅相之颊。傅相护从人役即走上前，急将凶手拿获，解往倭官处。倭主闻奏，甚属过意不去，乃出谕将县内大小官员尽皆降革。后审得凶手素本有疯癫之疾，故不问死罪，判以永世监禁。

惟倭人行刺傅相，此事一时电报遥传，各国闻之，莫不骇诧，咸谓倭人无礼，谋杀修好使臣，各有不平之意。日主亦甚惊恐，于是命驾亲临傅相公馆视疾，并命良医佐藤调治，以求速愈。当傅相为人行刺之时，中西官员电传问安者络绎不绝，傅相一日之内所接问安电报不下千有余封。傅相名高望重，于此可见一斑矣。傅相在马关一连调养匝月之久，直至三月十六日伤口已瘳，能再至春帆楼与伊藤重商和议。

伊云："今日复见中堂重临，伤已平复，不胜幸甚。"

李云："此皆贵国医生佐藤之力。"

伊云："佐藤医治中堂其效甚速，可喜！"

李云："闻佐藤谓陆奥大臣身热，是否？"

伊云："陆奥大臣身子本不甚健，现患春温，至为惦念。"

李云："服药当可有效。"

伊云："今日身热稍平。"

李云："曾进食否？"

伊云："无多。一月前本大臣亦患此症，现已愈矣。中堂身子今日好否？"

李云："甚好，惟两腿稍软耳。"

伊云："我父母年皆八十，尚健旺。"

李云："何在？"

伊云："现在东京。我生长此处。"

李云："是长门否？离山口县多远？"

伊云："约二十英里。"

李云："长门乃人物荟萃之地。"

伊云："不比贵国湖南、安徽两省所出人物。"

李云："湖南如贵国萨斯马，最尚武功。长门犹安徽，然不能相比，所逊多矣。"

伊云："此次败在中国，非安徽也。"

李云："我若居贵大臣之位，恐不能如贵大臣之办事著有成效。"

伊云："若使贵大臣易地而处，则政绩当更有可观。"

李云："贵大臣之所为，皆系本大臣所愿为，然使易地而处，即知我国之难为，有不可胜言者。"

伊云："要使本大臣在贵国，恐不能服官也。凡在高位者都有难办之事，忌者甚多，敝国亦何独不然？"

李云："贵国上下交孚，易于办事。"

伊云："间亦有甚难为之事。"

李云："虽有难为，赖贵国皇能听善言。"

伊云："皇上圣明，当登极之时，即将从前习尚尽行变易，故

68

有今日局面。"

李云："如是则诸臣之志愿得舒矣。"

伊云："此皆皇上圣明，故有才者得各展所长。现谈应办之事，停战多日，期限甚促，和款应从速定夺。我已备有改定条款节略，以免彼此辩论，空过时光。中堂两次节略，一则甚长，一即昨日拟改约本。中国为难光景我原深知，故我所备节略，将前次所求于中国者力为减少，所减有限，我亦有为难之处。中堂见我此次节略，但有允不允两句话而已。"

李云："难道不准分辩？"

伊云："只管辩论，但不能减少。"

李云："既知我国为难情形，则所求者必量我力之所可为。"

伊云："时限既促，故将我所能做到者直言无隐，以免多方辩论。否则，照我前开约款，所开必须辩论到十日之久，方能减到如此。"

李云："节略有无华文？"

伊云："英文、东文已齐，但华文未全。"

伊交英文，另有要款华文三纸。伊云："只赔款、让地与占守地方三节译有华文。"

李阅后云："即以此已译三端开议，第一赔款二万万，为数甚巨，不能担当。"

伊云："减到如此，不能再减。再战，则款更巨矣。"

李云："赔款如此，固不能给。更巨，更不能给。还请少减。"

伊云："万难再减，此乃战后之事，不能不如此。"

李云："前送节略，核计贵国开销之帐相离不远。此次赔款，必借洋债。洋债为数既多，本息甚巨，中国将有何法以偿之？"

伊云："前节略云，计二十年还清，洋债何不远至四十年？为

69

期愈远，本息即不见重，此非我事，偶尔言及，切勿见怪。"

李云："四十年拨还本息，尔愿借否?"

伊云："我借不起。洋人借债，为期愈远愈妙。"

李云："自开战以来，国帑已空。向洋人商借，皆以二十年为限。尔所言者乃本国商民出借耳。"

伊云："即非本国之民借债，皆愿远期。"

李云："外国借债但出利息，有永不还本者。"

伊云："此又一事也。但看各国信从否。外人借债皆愿长期，银行皆争愿借。"

李云："中国战后声名颇减。"

伊云："中国财源广大，未必如此减色。"

李云："财源虽广，无法可开。"

伊云："中国之地十倍于日本，中国之民四百兆，财源甚广，开源尚易，国有急难，人才易出，即可用以开源。"

李云："中国请尔为首相何如?"

伊云："当奏皇上，甚愿前往。"

李云："奏如不允，尔不能去，尔当设身处地，将我为难光景细为体谅。果照此数写明约内，外国必知将借洋债方能赔偿，势必以重息要我。债不能借，款不能还，失信贵国，又将复战，何苦相逼太甚?"

伊云："借债还款，此乃中国之责。"

李云："不能还，则如之何?"

伊云："已深知贵国情形为难，故减至此数，万难再减。"

李云："总请再减!"

伊云："无可减矣!"

李云："第一次款交清后，余款认息五厘，德之于法，固然如此。但中国自道咸以来，三次偿给英法军费皆未加息。不过到期未还，始行认息。贵国岂能以西国之事来此。"

伊云："如可全还，自不计息。"

李云："但二万万实偿不起，如出息五厘，可允不还本否？"

伊云："是犹向日本借款，日本无此巨款。"

李云："不必贵国出本，但取息耳。"

伊云："此办不到。"

李云："余款加息，惟有出息不还本如此办法，请为细想。"

伊云："战后款应全给，所以分期偿者，亦以舒中国之力也。"

李云："全行偿还向无办法。德之于法，亦分期。现在中国先出息银，待中国筹到款项，再行还本。可否？"

伊云："亦办不到。"

李云："既办不到，余款当不认息。款巨而又加利，不啻两次赔款。"

伊云："偿款如不分期，即分期而年限尚短，当可免息。"

李云："国库已空，势必借债。待债借到再酌减年限何如？"

伊云："约内不得不定明年限。"

李云："约内可加活语，如能早交，息当从免。"

伊云："能交清，息可全免。"

李云："先期交清，则应免息，自不论先交若干。"

伊云："初次应交五千万云云。批准后，一年再交五千万，如第二年全交，则可免息。"

李云："如不全交，第二年余款可免息否？"

伊云："视余款之多少，少则免息。"

李云："息不能认。日本虽胜，总不能强于英法，英法之于中国，战后尚未强以认息。今日认息，华人闻之必大骇异，且为数甚

71

巨，加息岂不更重乎?"

伊云:"如能全数清偿。"

李云:"免息自不烦言而解。"

伊云:"所为全数清还者，非一时也，乃分两年之期。期内清还，自可免息。"

李云:"我未能答应，借债之权在人不在我。能借到，自能早还。日虽得胜，何必逼人太甚! 使人不能担当!"

伊云:"不能担是否不允之说?"

李云:"我诚愿修和，但办不到事不能不直说。"

伊云:"照我节略，已是竭力减少矣。"

李云:"再讲让地一节，历观泰西各国交兵，未有将已据之地全行请让者。以德国兵威之盛，直至法国巴黎都城，后将侵地让出，惟留两县之地。今约内所定奉天南部之界，欲将所据之地全得，岂非已甚，恐为泰西各国所訾笑!"

伊云:"如论西国战史，不但德法之战而已。"

李云:"英法兵亦曾占据中国城池，但未请割寸土尺地。"

伊云:"彼另有意在，不能以彼例此。"

李云:"即如营口，中国设关纳税，乃饷源所在。贵国又要偿款，又要夺关税，是何情理?"

伊云:"营口关税乃地生之货所出。"

李云:"既得地税，尚要赔款，将如之何?"

伊云:"无法。"

李云:"譬如养子，既欲其长，又不喂乳，其子不死何待?"

伊云:"中国岂可与孩提并论。"

李云:"现贫瘠实甚，犹如小孩。且营口贵国得之无益，营口之北地面甚广，货所从出。汝既踞关，将来货从内地运出中国，必加税加捐。既到营口，又纳关税，如是货贵必滞销，关税必少。且货在内地，华官或劝商人从他处出口、或重加厘税，华商断无不从之理。"

伊云："此可彼此相商。且中日可与各国商酌，况将来陆路通商章程所当议及者。"

李云："加捐乃中国自主之权，外人岂能相强？所以据有营口无益，贵国不如退出，再商别处。"

伊云："营口以北业经退让，万难再让。"

李云："台湾全岛日兵尚未侵犯，何故强让？"

伊云："此系彼此定约商让之事，不论兵力到否。"

李云："我不肯让，又将如何？"

伊云："如所让之地必须兵力所到之地，我兵若深入山东各省，将如之何？"

李云："此日本新创办法，兵力所已到者，西国从未全据。日本如此，岂不贻笑西国？"

伊云："中国吉林、黑龙江一带，何以让与俄国？"

李云："此非因战而让者。"

伊云："台湾亦然，此理更说得去。"

李云："中国前让与俄之地，实系瓯脱，荒寒实甚，人烟稀少。台湾则已立行省，人烟稠密，不能比也。"

伊云："尺土皆王家之地，无分荒凉与繁盛。"

李云："如此，岂非轻我年耄，不知分别。"

伊云："中堂见问，不能不答。"

李云："总之现讲三大端，二万万为数甚巨，必请再减，营口还请退出，台湾不必提及。"

伊云："如此我两人意见不合，我将改定约款交阅，所减只能如此，为时太促，不能多辨，照办固好，不能照办，即算驳还。"

李云："不许我驳否？"

伊云："驳只管驳。但我主意不能稍改，贵大臣固愿速定和约，我亦如此。广岛有六十余只运船，停泊计有二万吨运载，今日已有数船出口，兵粮齐备，所以不即出运者，以有停战之约故耳。"

李云："停战限满可请展期。"

伊云："如和约已签押，限期可展，否则不能。"

李云："德法停战曾再展十日。"

伊云："时势各别。其时法国无主，因召明选议员、开议院、选总统、派使臣等事，故多需时日。"

李云："尔所欲者皆已大概允许，意见不合者惟此数端，如不停战，何能畅议？"

伊云："期限惟有十日，今日条款即请决定可否？三日后四点二刻当候回信。"

李云："事有不谐，尚须会议。"

伊云："三日后如蒙见允，即请复函。尚须预备约章，彼此签押，又须延多数日。"

李云："不必复函，一经面允自可定议。三日断来不及，我明说尚须电报请旨，不能限以时日。"

伊云："接到回旨，即可决断？"

李云："请旨后如何，再与贵大臣面议。俟接到回电，再来相请。"

伊云："不能多待，必有限期方可。"

李云："至多四五天后，尚在停战期内。"

伊云："三天内当有回旨。"

李云："此事重大，必须妥酌。今日所言各节皆有训条，我不能专主。"

伊云："五天过久，急不能待。"

李云："停战之期尚有十天。"

伊云："我须及早知照前敌。"

李云："停战有期，前敌岂有不知？"

伊云："前敌诸将随时探知此地会议之事。"

李云："尚有十天。再会一次即可决定，且节略甚多，译华文者只有三节，其余今夜译齐，方可发电。第四日当有覆旨，至迟五天。"

伊云："北京回电，我想三天足矣。"

李云："一有覆音，即请相会，是否在此？抑请贵大臣来寓相会？"

伊云："随中堂便，来此会议更好。"

李云："赔款还请再减五千万，台湾不能相让。"

伊云："如此，当即遣兵至台湾。"

李云："我两国比邻，不必如此决裂，总须和好。"

伊云："赔款让地，犹债也。债还清，两国自然和好。"

李云："索债太狠，虽和不诚！前送节略实在句句出于至诚，而贵大臣怪我不应如此说法。我说话甚直，台湾不易取，法国前次攻打尚未得手，海浪涌大，台民强悍。"

伊云："我水师兵弁不论何苦皆愿承受。去岁北地奇冷，人皆以日兵不能吃苦，乃一冬以来，我兵未见吃亏，处处得手。"

李云："台地瘴气甚大，前日兵在台伤亡甚多，所以台民大概吸食鸦片烟以避瘴气。"

伊云："但看我日后据台，必禁鸦片。"

李云："台民吸烟，由来久矣。"

伊云："鸦片未出，台湾亦有居民。日本鸦片进口禁令甚严，故无吸烟之人。"

李云："至为佩服！"

伊云："禁烟一事，前与阎相国言及，甚以为然。"

李云："英人以洋药进口我国，加税岂能再禁？"

伊云："所加甚少，再加两倍，亦不为多。"

李云："言之屡矣，英人不允。"

伊云："吸烟者甚懒，兵不能精。"

李云："此事迫于英人，难以禁止。"

伊云："当先设法自禁食洋烟，不用禁进口。"

中堂起席与伊藤作别握手，请将赔款大减。伊藤摇首云"不能再减"而散，是日议罢回去，候了朝廷覆谕。数日，直至廿一日两点半钟复至春帆楼与伊藤会议。

李云："陆奥大臣今日身子何如？"

伊云："稍好。本愿来此会议，佐藤医生戒其外出。"

李云："佐藤今晨言及陆奥身子尚未全愈，不可以风。昨日我派经方至贵大臣处面谈各节，一一回告，贵大臣毫不放松，不肯稍让。"

伊云："我早已说明，已让至尽头地步，主意已定，万不能改。我亦甚为可惜。"

李云："现已奉旨，令本大臣酌量办理，此事难办已极，还请贵大臣替我酌量，我实在无法酌量。"

伊云："我处境地与中堂相似。"

李云："尔在贵国所论各事，无人敢驳。"

伊云："亦有被驳之时。"

李云："总不若我在中国被人驳斥之甚。"

伊云："我处境地总不如中堂之易，中堂在中国位高望重，无人可能摇动。本国议院权重，我做事一有错失，即可被议。"

李云："去岁满朝言路屡次参我，谓我与日本伊藤首相交好，所参甚是。今与尔议和立约，岂非交好之明证？"

伊云："时势彼等不知，故参中堂。现在光景彼已明白，必深悔当日所参之非。"

李云："如此狠凶条款，签押又必受骂。奈何！"

伊云："任彼胡说，如此重任，彼亦担当不起。中国惟中堂一人能担此任。"

李云："事后又将群起攻我。"

伊云："说便宜话的人到处皆有，我之境地亦然。"

李云："此固不论。我来议和，皇上令我酌定，如能将原约酌改数处，方可担此重任。请贵大臣替我细想，何处可以酌让，即如赔款、让地两端，总请少让，即可定议。"

伊云："初时说明万难少让，昨已告明伯行星使，已尽力让到尽头，不然必须会议四五次方能让到如此。我将中国情形细想，即减至无可再减地步，盖议和非若市井买卖，彼此争价，不成事体。"

李云："日前临别时请让五千万，当时贵大臣似有欲让之意，如能让，此全约可定。"

伊云："如能少让，不必再提，业已让矣。"

李云："五千万不能让，二千万可乎？现有新报一纸在此，内载明贵国兵费只用八千万，此说或不足为凭，然非无因。"

伊取报纸细看，云："此新闻所说，全是与国家作对，万不可听。"

李云："不必深论。但望减去若干亦好。"

伊云："我国之费多于此数。"

李云："请让少许，即可定议。当电明国家志感。"

伊云："如可稍让，尽已让出。"

李云："贵国所得之地甚多，财源甚广，请从宽处着想，不必专顾目前。"

伊云："所有财源皆未来事，不能划入现在赔款。"

李云："财源甚长，利益甚溥。"

伊云："将来开源之利，皆用在地面上，万无余款。"

李云："财源不仅如此，必定兴旺。"

伊云："欲开财源，所费必大。"

李云："即以台湾而论，华人不善经营，有煤矿、有煤油、有金矿，如我为巡抚，必一一开办。"

伊云："矿产一开，必以贱价售诸华人。"

李云："华商不能白得。"

伊云："未开之地，必须经营，所费不赀。"

李云："所费愈大，得利愈溥。何妨赔费略减若干，他日利源所补多矣。即我中国借债亦稍容易。我在北京，洋人肯将台湾押借二千万金磅，后我东来，皆知日人强索台湾，此事即搁起不提。所押已如此之多，出买则其价更巨。"

伊云："中国财源甚大，借债不难。"

李云："无论如何总请再让数千万，不必如此口紧。"

伊云："屡次说明，万万不能再让。"

李云："又要赔钱，又要割地，双管齐下，出手太狠，使我太过不去！"

伊云："此战后之约，非如平常交涉。"

李云："讲和即当彼此相让，尔办事太狠，才干太大！"

伊云："此非关办事之才，战后之效不得不尔。如与中堂比才，万不能及。"

李云："赔款既不肯减，地可稍减乎？到底不能一毛不拔。"

伊云："两件皆不能稍减。屡次言明，此系尽头地步，不能少改。"

李云："我并非不定约，不过请略减，如能少减，即可定约。此亦贵大臣留别之情，将来回国，我可时常记及。"

伊云："所减之数即为留别之情，昨已告伯行星使，初约本不愿改，因念中堂多年交情，故减万万。"

李云："如此口紧手辣，将来必当记及。"

伊云："我与中堂交情最深，故已多让。国人必将骂我，我可担肩。请于停战期前速即定议，不然索款更多，此乃举国之意。"

李云："赔款既不肯少减，所出之息当可免矣。"

伊云："日前会议说明，换约后一年内两期，各还五千万，又一年将余款一万万还清，息可全免。"

李云："万一到期款借不到，但出息可乎？"

伊云："不能。此与日前所说相同，但认息，不还本，只算日本借钱。我国无此力量。"

李云："中国更无力量。日本开战以后未借洋债，中国已借数次，此日本富于中国之明证。"

伊云："此非日本富于中国，日本稍知理财之法。"

李云："中国将效日本理财，现在甚贫，借债不易。"

伊云："我看甚易，断不为难。"

李云："现在毫无头绪，俟我回国再议。如三年之内本还清，可免息否？"

伊云："三年内果能清还，息可全免。"

李云："约内可添明，'若三年后清还'云云，此乃活语，如此写法不过少有体面，所有便宜无多。"

伊云："约内写明第一次交清后，余款认息云。如三年不能交清，则以前之息必须一体加添。"

79

李云："三年内清还免息，如不还，一并加息。"

伊云："一并加息，此事甚为纠葛。"

李云："莫若二万万内减去二千万以抵偿息，如此一万八千万即照约内所载办法，不更简捷。"

伊云："不能。且三年内交清免息，应于约内载明，以免误会。"

李云："如此巨款，岂能预定。"

伊云："我亦恐两年内交清难以预定，故将还期延至七年之久。"

李云："少去二千万，中国可少借二千万。"

伊云："万万不能。"

李云："三年内清还免息不必写入约内，可另立专条。"

伊云："此事不能另立专条，应于约内写明。"

李云："你将第四款反复观看，可另有主意。"

伊云："或三年内还清免息，或否，应写明一定办法。"

李云："无妨加一活语，'倘三年内'云云。"

伊云："必须写出一定办法。"

李云："借钱之权在人，借到方可写明。"

伊云："只好照原约写。"

李云："中国前赔英法兵费，但写明过期不还方认利息。今即加息，亦太不情。"

伊云："英法甚富，故可免息。"

李云："尔想钱太过，索款又巨，利息又大。"

伊云："其时英法之兵不如日兵之多。"

李云："英国其时调有印度兵。"

伊云："所调不多。"

李云："两年清还免息，可添入原款乎？"

伊细想多时，乃云："如要停息，只有一样办法。三年内照旧认息，若三年之内果真清还，可将所认之息抵作本款。"

李云："是否三年将本全还并认利息，则将已偿之息作本。"

伊云："比如换约后六个月交五千万，再六个月又交五千万，其时应交一万万之息。第三、第四等期照算。如三年届满，将余款交清，则前二年半所认之息，即可划算应交余款。惟三年当自换约之日起算。"

李云："即写'如三年之内能将全款清楚'云云，请贵大臣看后，即可添入第四款。"

伊与属员互商，即云添入。

李云："尚有数条相商。并非与原约有所增减，不过将约内之意声明，以免将来误会。如辽河口界线，该线一到营口之辽河后，当顺流至海口止，彼此以河中心为界，此乃公法。凡以河为界者，莫不如是。"

伊云："将来勘界时可定。"

李云："即可照此添入第二款内之第二条下。"

伊云："甚是，可照行。"

李云："第五款二年后让地内尚未迁出之华民，可视为日本臣民，但有产业在让地内而人远出者，二年后应请日本保护，视同日本臣民之产业。"

伊云："此事难允。现在日本与西国所订条约，不准外人在日本地内置买产业。"

李云："我所说者乃原有之产业，与外人新置之产业不同。"

伊云："此与日本律法有异，不易办理，外人必将借口。"

李云："此乃祖先留传之产业，可照章纳税，有何难办？中国人民皆可在别县置产。"

伊云："华民在中国隔县置产，非外人可比。如日本听华人在

81

内地有产，则外国必将援一体均沾之例以要我。"

李云："台湾华人不肯迁出，又不愿变卖产业，日后官出告示，恐生事变，当与中国政府无涉。"

伊云："日后之事，乃我国政府责任。"

李云："我接台湾巡抚来电，闻将让台湾，台民鼓噪，誓不肯为日民。"

伊云："听彼鼓噪，我自有法。"

李云："此话并非相吓，乃好意直言相告。"

伊云："亦闻此事。"

李云："台民戕官聚众常事，他日不可怪我。"

伊云："中国一将治权让出，即是日本政府之责。"

李云："不得不声明在先。"

伊云："中国政府只将官调回、兵撤回而已。"

李云："绿营士兵不可他往，驻防之兵可撤回。"

伊将所译免息一条英文阅过，与华文相对不错。

李云："即可照此添入。"

李云："台湾官绅交涉事件纷繁，应于换约后六个月方可交割清楚，此节添入约款内。"

伊云："我意批约后数礼拜，即派兵官赴台收管。"

李云："可派人与台湾巡抚共商，以清经手事件。"

伊云："换约后请华官出示台民，我派兵官前往，将一切军器暂行收管。"

李云："所派有文官否？"

伊云："文官亦派。"

李云："交割是大事，应先立简明章程，日后照办，方免纠葛。"

伊云："我不能延至六月之久再议交割，换约后立即派人前往。"

李云："约内可改云换约后两国互订交接简明章程。"

伊云："有一专条在此，专为台湾之事。"

即将东英文交阅。李接看东文，不懂，令译英文。其略云，一切堡垒、枪炮、与公家物件皆交日本武官收管，所有华兵行李私物准其自携，日官指定一处令华兵暂住，直至调回内地。中国政府限日撤回，一切费用中国自认。兵撤回后，日官将洋枪送还，然后派文官治理地方。公家产业由彼收管，其余细节皆由两国兵官彼此商定等语。中堂听毕，云："此系换约后之事，我无权先定。"

伊云："中堂改期有权，此条与和约均重，何为无权？"

李云："此皆换约后应商之件，如通商水陆章程诸事皆可同时商酌。"

伊云："此乃最要最急之事。"

李云："换约后方可定，我无权管台湾巡抚，总理衙门方有此权，应在总理衙门商议。现议之约不过将台湾让与日本而已，抑或俟互换本约时另立让台简明章程。"

伊云："耽误时日。"

李云："约不互换，尚不算准，台湾仍系中国之地。"

伊云："是也。"

李云："可写明至台湾一省，俟本约批准互换后，两国再行互议交接章程。"

伊云："我即派兵前往台湾，好在停战约内台湾不在其内。"

李云："本约内可将台湾删去，候贵国自取。"

伊云："交接之时何不限定？"

李云："此事我难专主。"

伊云："六月为期太久，换约后总理衙门可否即定简明章程，盖约一经互换台湾即交日本。"

李云："虽交日本，交换之时应另议简明章程。"

伊云："无须章程，中国当将驻台之兵撤回而已。"

李云："如不要章程，何以有此专条？"

伊云："专条之内不过数款单讲撤兵之事，惟延至六个月之后再行交接，未免过迟。"

李云："何不云换约后两国派员议定交接章程？"

伊云："应否限定日期？"

李云："不必。"

伊云："换约后即行交接。"

李云："不议章程否？"

伊云："限一月足否？"

李云："可俟条约批准互换后一月内，两国派员妥议交接章程。"

伊云："一月内应即交接，不必议章程。"

李云："你说要派文官，何不令文官与台抚相商？"

伊令伊东写出英文，一俟换约后一月内，两国各派人员办理台湾交接。

李云："一月之限过促。总署与我远隔台湾，不能深知情形，最好中国派台湾巡抚与日本大员即在台湾议明交接章程，其时换约后，两国和好，何事不可互商？"

伊云："一月足矣。"

李云："头绪纷繁，两月方宽，办事较妥。贵国何必急急，台湾已是口中之物。"

伊云："尚未下咽，饥甚。"

李云："两万万足可疗饥。换约后尚须请旨派员，一月之期甚促。"

伊云："可写一月内奉旨派员云云。"

李云："不必写明奉旨等语。"

伊云："一月内可派员否?"

李云："月内即可派员。至交接一节,应听台抚随时酌定。"

伊云："当写明两月内交割清楚。"

李云："月内各派大员妥议交割,不必限定何时。"

伊云："当写明两月交割,免生枝节。"

李云："但写一月内两国各派大员议定交割。"

伊云："月内派员妥议,两月内交割清楚。"

李云："两月内派员交割。"

伊云："不如一月内派员,再一月交割。"

李云："各派大员,限两月内交接清楚。"

伊云："为何不允一月内派员、再一月交割?"

李云："不如写两国速派人员,限两月内妥议交割。"

伊云："可改互换后立即派大员云云。"

李云："可写'又台湾一省,应于本约批准互换后,两国立即各派大员至台湾,限于本约批准互换后两个月交接清楚。'"

伊接看,云："可照办。"

李云："第六款内第三条日本国臣民租栈一节末云,'官员勿得从中干预'字样。此条本意原为华官不能强索日商规费等事,但如此写法太混。假如日商犯案逃匿所租栈房,本地方官即无权入栈搜查,所以应请将前项字样删去。"

伊云："可删去。"

李云："第四条中国海关皆用关平纳税,今此条内改用库平,不能一律。又日本银元在通商各口皆与英洋照市价行用,此条何必写明?全条可删。"

伊云："可全删。"

李云："第五条原文'日本臣民准在中国制造一切货物'等语,

85

意未清楚。如此日商亦可前往内地制造。应写明'日本臣民准在通商口岸城邑制造一切货物'等语，以示限制。"

伊与其属员往返细商，方允添入。

李云："第八款威海卫留兵，日本究派多少？"

伊云："一万。"

李云："无处可住。"

伊云："将添盖兵房。"

李云："刘公岛无余地。"

伊云："在威海卫口左近。我武官初意想派二万住盛京，二万住威海。"

李云："款内各费有中国支办等语，可将此节删去。前英法亦曾住兵我国，皆未偿费。"

伊云："驻兵偿费乃欧洲通例。"

李云："既已割地，又赔兵费，而且加息，留兵之费应在赔费内划出。"

伊云："赔费乃战事所用之费，留兵之费又是一事。"

李云："中国认不起。"

伊云："此照欧洲通例。"

李云："现在亚细亚，何云欧洲？且英法未请支办，中国约章具在，可查明也。"

伊云："何时？"

李云："英国留兵在广东舟山、大沽等处。"

伊云："彼留兵非为抵押赔款。"

李云："英法于同治初年留兵大沽、上海，皆为赔费之质。中国并未给兵费，本约皆已全允，些许小事何不相让？"

伊云："一年之费不赀。"

李云："已赔兵费，数年之利又数百万，何必如此算小？此甚小事。"

伊云："本约何时签订？"

伊云："此次英文不必签押，惟将中东两文签押而已。不过英文句意清楚，万一误会，可用解明，为此有一专条，请看。"

李将专条华文阅后，云："此华文可行。"

伊云："我处各写本约英东文两份，请贵处写华文两份。"

李云："贵处英东文何时可齐？"

伊云："明晨即有。至威海卫驻兵一节，另有华文专条在此，请看。"

李接看，云："皆可照办，惟须将支办军费一条删去。"

伊云："自签约起至换约时，限十五日可否？"

李云："批准换约皆系大皇帝之事，本大臣不能专主，必须请旨可定。"

伊云："明日签押时当定明互换之日。"

李云："本大臣到津当专员赍约晋京，送与总理衙门，然后进呈皇上，方可择日批准。转折甚多，难以限定日期。"

伊云："约内必须写明换约日期。"

李云："约内写定换约之期皆在签押后，多则一年，少则六月。"

伊云："此约签后十五日换约足矣。"

李云："前已言明，转折甚多，或者十五日之先，亦未可知。但此系皇上之事，不能预定。"

伊云："两国大皇帝皆应如此。"

李云："不能写定。"

伊云："凡约皆应写明换约之期，我国主现在广岛，即可批准。"

李云："此近我远，不能相比。"

伊云："换约之地何处？"

李云："当在北京。"

伊云："北京我无使臣驻札，如派人往，当派兵护送，不便。"

李云："此次我来，所费实多。签押之后两国即系友邦，批约后更加和好，可在天津换。我国换约向在北京、天津两处。"

伊云："此非成例。"

李云："议约我来贵国，换约贵国当派人往华，有来有往，方称和好。"

伊云："换约之前，我兵在旅顺、大连湾者有二十万，两处皆无营房可住，故皆在船上听候，换约方能撤回，故换约之期，愈速愈妙。可否即在旅顺换约？"

李云："日兵即可撤回，此约将必批准。"

伊云："不换约，和局尚未定。"

李云："何不派武员来津换约，最好派川上。"

伊云："派人皆由皇上定夺，川上未必能去。"

李云："川上为人和气，与津郡文武人员相好。"

伊云："他尚难离营。"

李云："签押后必不开衅，营中无事，川上可来。"

伊云："万一不批准又将如何？"

李云："一经批准，我即电告尔处，电报用何密本？"

伊云："电报可用英语，无须用密码，但换约之时与换约之地应定。"

李云："此皆我皇上之事，难定。"

伊云："凡约皆定明换约之期，故请定十五日。"

李云："十五日为时太促，一月稍从容。"

伊云："我兵太多，住一月太久。"

李云："一月之内可否？"

伊云："三礼拜内。"

李云："约内从未写礼拜两字。"

伊云："不写礼拜，写二十日。"

李云："一月之内。"

伊云："多至二十日。"

李云："天津换约可定否？"

伊云："应派兵护卫，不便。"

李云："派一兵船足矣。"

伊云："兵船不能过拦江沙，何不在烟台换约？"

李云："烟台换约亦当请旨。"

伊云："换约之地有定，约方可定。"

李云："天津换约可定。"

伊云："何故不在烟台？"

李云："签约之后可到天津，必不生事，所贴兵费可定否？"

伊云："现已议过。定约之时与定约之地，是否即在烟台？期以二十日为限？"

李云："总须一月之内。"

伊云："此约谅可批准。万一不批，又将开衅，故愈速愈妙。"

李云："此约谅可不驳，但请放心。"

伊云："总须定明换约之时。"

李云："敕书内写明如果详阅各条妥善，再行批准。所以我不能做主。"

伊云："我国敕书亦是如此写法。"

李云："批准在先，换约在后，一经批准，当即电告。"

伊云："总须订明一经批准接电后方可派员。"

李云："尔已许二十日，我说一月之内，所差十日无多。"

伊云："明日签押，后日中堂登程，到津即可专差将约本赍京，为时甚速。"

李云："我到津后尚须请假，另派员将约本送至总署进呈。中国做事转折甚多，期限不能过促。"

伊云："此讲和之事，非寻常可比，故愈速愈妙。"

李云："平常约章换约皆在一年之外。"

伊云："去岁我国与英国新立约章，在七月十七画押，十八日英君主即已批准。"

李云："中国之事不能如此，比如批准后，又须派员至津，候船至烟台，皆不能克期。烟台换约从尔，日期当由我定。"

伊云："二十日足矣！所差九日，所费实多。六十只运船在大连湾，兵皆在船守候。"

李云："据我看，签押后即可将兵调回。"

伊云："不能。"

李云："我在下关，三十日定约，不为不速。他日约本由津送京，呈进盖用御宝，然后派员来津，守候船只到烟台，此中耽误日期不少。何必匆促为此不情之请？"

伊云："十天所差太多。"

李云："此甚小事，岂可因此龃龉？中国办事向来延缓，此如我正月十九日奉旨，即速料理来此，已二月二十三日矣。换约之期写明签押后一月之内，我当能催早，限定二十日太促，万一不及，又将失信。"

伊云："西国议和，皆皇上自定，立即批准互换。"

李云："现在亚细亚，何必常以欧洲之事相比。换约之地从尔，期限当从我。"

伊云："一月究竟太远。"

李云："留兵贴费款究竟可去否？"

伊云："不能去。"

李云："何法？"

伊云："中国为难情形，无论如何，兵费总须各认一半。"

李云："二百万兵费太多，一百万。不问所费若何，每年我净贴五十万，一应在内。"

伊云："此费只可养一营。"

李云："何必多派留兵？与贵国甚近，万一有需，即可调来。"

伊云："留兵为抵押赔款，非为别事。"

李云："英法留兵皆无兵费，贵国应宽大办理。"

伊云："换约之期究竟二十天定否？"

李云："已讲明一月。"

伊云："太远。签约应从速批准，互换亦然。"

李云："转折甚多。"

伊云："二十日足矣。烟台甚近，如能准二十天，我即准贴费五十万，不然必要一百万。"

李云："换约之期须请旨，每年贴费五十万自换约之日起。"

伊云："如能允，二十日。"

李云："我不能做主。"

伊云："能允一月，何不允二十日？"

李云："写明一月，我可催及早互换。会议已久，当派参赞将约本校对清楚，后日签约。"

伊云："何不明日签押？我处明早即可写齐。"

李云："我处必须明晚方齐，后日签约。"

伊云："即定后日十点钟。"

李云："仍在此处当面签约否?"

伊云："然也。但两件事应定明。"

李云："我回去请旨,换约日期可空。"

中堂起席,伊又谆谆以二十日为请,方可允贴费五十万两。中堂答以言定,不必多议而别,时已七点钟。傅相如期签约后,连夜将和约草稿赍送北京,以备皇上商酌,即驾轮回津。中堂既回津门,即请假二十天,而托联道台送约入都。草约略云:

一、中国认明朝鲜自主,永不许受朝鲜贡献。二、割台湾全岛并奉天南境各地,从鸭绿江抵安平河口,又从安平河口割至凤凰城及营口,以辽东河中心为界割归日本。三、中国允将库平银二万万两赔偿军费,于七年内分八次交清。四、通商条款悉照泰西,外添五款:任日本臣民往来侨寓苏州、杭州、重庆、沙市四口岸,从事商业工艺制造,一也;日本轮船驶入上开各口,二也;进出货暂存栈房,俟出货时完税,三也;日本臣民得在口岸城邑从事工艺制造,又将各机器任便制造,四也;日本臣民在口岸城邑制造一切货物,即照日本运入之货一体办理,五也。五、本约互换后,限二年内日本准中国所让地方之民人愿迁居往所让地方之外者,任从变卖田产而去,限满未迁者宜视为日本臣民。台湾一省应于本约互换后二月内交割。六、日本军队驻中国境内者,于本约互换后三个月撤回。七、约内所订条款听从日本军队暂守威海卫以为质。八、本约互换后,两国应将所有俘虏尽数交还本国。九、本约互换日起按兵息战。十、批准在烟台换约。

该约既呈皇上御览之后,皇上命枢臣会议。李兰孙宗伯仍然主战，小军机沈鹿苹、光禄寺联裕封奏，请罢和议，管士修侍御请以赔款二万万改为杀敌之赏，必有踊跃从事者。此外，九卿部院司员联衔具奏者实繁有徒，大都谓和议难行。皇上电问封疆将帅，旋据宋祝三军门、刘渊亭军门电奏，皆云战有把握。李鉴堂中丞电奏，不战无以张国威。唐薇卿中丞电奏，台省民心惶惑，如果草草成和，众情不服，恐难约束。张香涛制军亦有主战之奏。是年正逢慈禧端佑康颐昭豫庄诚寿恭钦献崇熙皇太后万寿恩科会试，诸孝廉推台省林孝廉为首，具呈都察院，以宜战不宜和等词求为转奏，列名者千有余人。裕寿田总宪挑剔避忌字样，不肯代递。徐颂阁总宪与诸副宪皆不以为然，遂即具疏入奏。

按中堂订立此约，苦心孤诣，本系无可奈何之事，国人不谅苦衷，交章弹劾，又有俄、德、法公使为之挠阻，几至中变。皇上特命刘岘庄钦差、王文韶制军两帅夤夜参酌，联衔覆奏，由是盖用御宝，和局遂成。及和局既成之后，李傅相三请开缺，皇上三次慰留，惟许给假养疴，无庸开缺。和局既成，日主所上御书，皇上亦亲握御笔作答，交联道芳赍致伊腾美久治。御书略云："朕览来书，嘉慰无似。朕亦尽蠲前隙，与贵国敦睦谊。日后贵国有事，中国自应相助。"回书之后，遂择吉日签押。

不想台省之民探闻台地割与日本，众情鼎沸，不肯干休。要知后事如何，且看下回分解。

第二十二回
割台疆土人拒倭生变　还东省俄国仗义执言

却说台湾之民探闻和局已成，不日将全台疆土交割倭人，台内绅民异常震动，聚众倡议，金愿自立为民主岛，永远藩服清朝，询谋金同。于是联集台地绅董数十人亲谒抚宪，并与抚署中人同谋，推唐中丞薇卿为民主，掌伯里玺天德印。惟唐中丞恐不胜任，屡让与刘渊亭军门，而刘军门以唐中丞身为台湾巡抚，名望所关，理宜接印，亦苦不肯受。于是台湾之人皇皇无主，益加震动，盗贼亦从此窃发，倒肇大乱，打家劫舍，抢掠时闻。

话分两头，且说俄人自与王钦使之春订立密约之后，已由中朝准在北省开通西百里铁路，欣喜殊常。迨闻日人得了北省，将来必有大碍于俄人，于是由外政府致意倭主，责以不合万国公法，谓辽东三省地近于俄，且各国西人亦有在牛庄通商，所与中国订立约款彼此无亏，两相受益，今日人占据东三省，实多窒碍情形。纵俄国不与共事，而别国谅亦未肯干休。且从来泰西之国战后请和赔款从未有如此之多，足见日人贪黩过甚。况谋刺议和大臣，现在人言啧啧，咸抱不平，而日人尚敢为无厌之求，既索巨资，复占疆土，以见罪于万国乎？倘或强为，请无后悔。我俄国虽弱，亦不敢不请于万国以兴问罪之师也。

日主闻而大惧，明知众怒难犯，专欲难成，遂请中国多赔兵资一万万两，愿将辽东之地送回中国。是时日本臣民咸怪日主畏俄太甚，多有武员力请与俄人干戈从事者。日主自知寡不敌众，弱不敌强，力阻而止。时日主以国中臣民因胜而骄，未始非取祸之道，乃宣谕一道，张贴东洋全岛各港口岸，欲以劝化其民。其谕略云：

予自即位来，以力保太平之局为念，今与中国失和，殊非本愿。赖诸大臣与议院诸员和衷共济，水陆军兵亦皆用命，凡定计筹饷、保国安民诸大事，次第奏功，匡予不逮，此内政之可幸者也。我兵在外不畏锋镝，不避寒暑，旌旗所指，无往不利，苟非秉性忠勇，何能若是？而我军名望由是彰者，吾甚嘉焉。今和局已成，战期已缓，我国当此益臻兴盛，方欣喜之不暇，岂尚有仇视中国之心乎？且中国深悔从前失睦之非，愿修旧好，语出至诚，吾国倍有荣焉。惟吾民尚力好胜，此后益宜加意训迪，俾各具忠烈之气，更加以谦逊之德，循规蹈距，日进雍熙，岂不懿欤！予见吾民因胜而骄，悔懒之心日起，但今与各国当讲信修睦之时，岂宜再念曩事？吾民其敬体予意，无忽我国。今与中国各派使臣保全和局，惟和约将换未换之际，俄、法、德三国钦使照会我外部，谓我如占辽东一境，东方永无复享太平之日，不如交还中国为善等语。予意本欲永保太平之局，近虽与中国构兵，惟欲立永久太平之基而已。今俄、德、法劝止割地，亦即此意。是以我国特为益保太平起见，故不欲据占辽东而使两国之民重罹兵祸，并阻我国恢张郅治之愿。今已将我国之举动，付天下之公论，则去年清国与我国绝交之误，更觉显而易见。故所有辽东诸地，即从俄、德、法三

95

国之请交还中国，待清、日两国批准和约之后，即约定日期互换，两国和睦如初，且将比之从前益加联络，想局外各国及各官民日后定能喻此意也。

此谕既出，东洋人心遂复安帖。欲知后事如何，且看下回分解。

第二十三回
举民主唐总统接印　联生番刘大帅督军

却说中国自和约已成，盖用御宝签押妥善之后，于四月中旬皇上命李经方并德璀琳前往澎湖岛交割台湾之地。是时台民益加震动，乃由抚署中人并台北耆老绅士等造就黄虎蓝旗，并雕白玉玺，上刻"受命于天既受永昌"字样，并大小符色印信等件，各乘蓝呢大轿，衣冠济济，玉佩跄跄，来到抚署，推逼唐中丞受印为主。

唐中丞力辞曰："某有何德，敢为民主。恐误大事，请择有德者当之。某自当竭力相助。"金曰："公如不受此印，恐失台湾民望。"唐中丞仍是力辞，而众绅等见事已急，不由分说，竟将唐中丞置之上位，众绅士等遂行参拜总统之礼。时唐中丞见众人相逼，只见勉强拜受伯里玺天德之印。行礼已毕，唐总统民主言于众曰："台民忠义奋发，誓不服倭，特改全台为民主岛国，由今日改为民主国元年，但愿台地军民同心同德，坚志拒敌，永戴清朝。以副今日义举。"众人听命，一时雷动欢声，各相庆贺。而众绅乘机举刘渊亭军门为总帅，以御倭人。

台湾有富商名林维原，家资巨富，曾请于倭人，愿出洋银千万两以作赎台之费。倭人亦坚执不肯，于是林富商遂教各人奋力拒倭，至于军需兵饷，某当认捐，于是台湾益加闹热。时南皮尚书张

97

香帅以台湾之民忠勇可喜，乃命驾时斯美两轮船，运洋一百万两以资军饷。惟行至半途，恐为倭船探悉截掳，遂至半途而返。

台湾自改了民主之后，各署人员照常办事，井井有条，全不以倭人为虑。且说倭人在澎湖岛交割之后，见台民如此鼓噪，于是不敢擅动，遂将情节入奏倭廷。倭主遂派大兵前往收取台疆，拜桦山为帅，某爵臣亦从于军中。是时有西人在日本衙署充当书吏者，探闻日本要挟中国立此约章、强占台湾，深恐中国有复仇之意，因送别时问于某爵臣。爵臣对曰："日本不计及此也。人有恒言，皆云中国大而且富，岂知有名无实。昔年予曾面告李中堂曰，中国臣民亿万为亿万心，且各省诸侯均有自顾吾圈之势，不几如各小国之同居一境乎？中堂首肯者再，而迄今未改旧章，故中国之为大国者，非有名无实而何？中国朝野上下不甚联络，假如中国皇家欲在本国揭借银钱，有肯挺身而出争相承借者乎？故中国亦非富国也！中国民数三四百兆，而人各有心，并无众志成城之势，委赘登朝者亦少忠君爱国之人。即中日交兵之际，胜败本无常数，乃以众心涣散，不能虽败犹荣。以中国而论非足兵。中国如欲复仇，必先将此三大弊革故鼎新。吾知李中堂和局既成之后，必急起而图之，然中堂老矣，继其志而成其事者，吾未知其谁属也。华人读孔子书而不明时中之义，故非徒无益而又害之耳，此所谓泥古不化。因时制宜，且所作所为类皆有名无实，读圣贤书，不知所学何事者居多。况时世变迁，今不如古，当今西法之善，岂能蔑视而不讲求耶？居今日而欲振兴中国，惟有重视西学之一道。凡西方格致技艺诸良法视为本份所宜学，考试而取士，甄别受官，胥根于此，则诚勃然而兴矣！若以今日之局面而论，又何患其将报复于东洋乎？"

该爵臣临别赠言后，即下轮前往，过了数日，已到澎湖岛。驻扎兵士之后，即派人打听台湾虚实。忽有巡船报到，谓台北防务不甚戒严，而近闻刘渊亭统领黑旗之兵，现与内山生番联络，而生番野性凶勇，极难抵敌，须作准备。倭帅桦山氏闻之，饬令再往打听，本帅自有决断。倭探船领命，即时去讫。要知后事如何，且听下回分解。

第二十四回
烧国库四方生劫掠　焚抚署各处起猜疑

却说倭帅自接谍报之后，随派兵船数艘前往台北，欲图进攻。惟台湾波涛叵测，江潮起落无常，所以倭国将士寒心，因循匝月，仍未敢进取。

当时台北防务甚严，台总统署内之兵即前之抚标营也，此营之兵俱系土人，性情顽劣，甚难驾驭。粤勇数营约有千人，当敌兵未至之时，闲暇无事，互相聚赌，彼此因赌博起衅，以至两营之兵争斗起来。土人一时以讹传讹，谓粤勇作反，故各营土勇纷纷来击粤勇。粤勇本非作反，实属不甘，一时分辩不来，只得奋力拒敌。故两军互战，枪炮齐鸣，如临大阵。虽各营官力出弹压，而亦无济于事。按此等粤勇，本系训练有素之兵，土兵虽称为抚标营，其实平日未尝操练，所以战不数刻钟之久，已为粤勇大败。土勇回去，忿忿不平，且唐总统闻得土勇因赌肇衅，未免不大加伸饬，更令各营官严加约束。惟该土勇暴戾性成，怨谤唐总统袒护粤勇，不明赏罚。俄而千人传万，咸抱不平，竟至生起叛心，纠集土勇数百人，带便引火之物，竟将台库放起火来，欲图劫饷。未几，唐总统闻言内乱，不禁大惊，遂督率亲军数百人前往平乱。即

100

发得律风，报知黑旗主帅刘渊亭军门。刘将军闻警，即时整队前往救应，土勇凶横无忌，竟敢面拒唐总统之军，幸喜刘将军来得快捷，刘军一到，土勇畏威而逃，狐群鼠党，皆鸟兽散。究竟愍不畏法，竟一误再误，联群纠党，复将唐总统之衙署放起火来。唐总统正平静土勇之乱，方欲整队回衙，忽闻报说衙署着火。唐总统闻而大惊，急急赶去，极力灌救。是日幸喜祝融不甚肆残，且十八姨因事相缠，未得命驾前往相助。未及半点钟之久，吴回氏业已兴尽而回。

火熄之后，唐总统忖思，民心离乱，莫可有为，且自念本不欲当总统之任，因众情难却，只得勉强从权，以慰民望，今见兵士全不守法，敌人不日来攻，料难保守，不如洁身去乱，以求自全。主意已定，带同夫人、公子、家人等辈，弃职而走。

台民探得唐总统弃职逃走，一时各皆鼓噪，纷传唐总统畏倭逃走，至慢民心。绅士等教兵士将其截回。唐总统自逃之后，曾在台北德忌利士洋行买办薛君唐谷家住过数日，然后静中乘轮，逃出香港，绕道上海回京。惟至上海，忽接上谕，着其无庸来京陛见，即回原籍等语，所以唐总统便承谕命，在上海住过月余，遂回珂里。唐总统临别薛君之时，写下檄文一张，责骂台湾绅士不忠不义，嘱咐薛君如其去后，便当贴出，欲以激励台湾之民，奋力保守。惟薛君恐祸及自己，遂不敢将此檄文张贴。

台湾自国库抚署被焚后，土匪四起，劫掠时闻，喊苦之声不堪入耳。土民以粤勇肇衅，视粤人如仇，一见便杀。台湾驻札粤勇约千余人，几乎为土勇谋杀一空。薛君恻隐为怀，深念同乡情谊，凡有粤人贫无所归者，莫不赠以盘费回乡。薛君体恤乡亲，可谓殷

101

渥，后人有诗赞之：

仗义疏财旷代无，扶危救困在穷途。

力助同乡情更切，薛君高谊比尧夫。

欲知后事如何，且听下回分解。

第二十五回
刘大帅智弃台北　生番主计守基隆

却说台湾自唐总统弃职之后，各绅耆又欲举刘军门渊亭继总统之任。但刘军门见台俗强悍，有鉴前车，遂力辞不受。各绅耆以刘军门性情固执，遂不敢相强，此话不题。

且说倭人自探闻台湾内乱，民心必离，即从台北登岸。时台北防守者多是土勇，刘军门沉吟自思土勇素不谙战，毫无纪律，以之敌倭，如驱羊与虎豹斗耳。黑旗各部素称敢战，纪律严明，若与土匪同袍共事，势必参商。且基隆一处实为咽喉之区，倘有疏虞，全台难保。遂派林观察统领土勇以守台北，自己统了黑旗移驻基隆去讫。

话分两头，且说倭军自上了台北，连日进兵，与土勇接仗，互有胜负。惟台北府山川险隘，土人或战或守，出没无常，倭人忍耐不过，遂商定计策，请齐众绅耆，善言相劝，说明日本之得台湾并非相强，实乃中国大皇帝情愿相送，载在和约，如汝等愿息干戈，我日本自当作台人如本国人一体爱护优恤。又用重贿以结台北绅士之心，各绅士为其所惑，遂各罢兵。倭人欲收服民心，出下禁令，各军谨守营规，兵士毋许骚扰良家眷属，违令者斩。台北民心所以暂安。倭帅桦山氏又以林氏为台民所仰重，遂用厚禄招致林氏在衙署中协办军务，台北稍定。

倭帅即领大兵进攻基隆等处，连日来攻俱为黑旗所败，更且生番洞主所领之军奋不畏死，威勇莫当，倭人战了数天，攻取不下。倭人睹此情形，料难取胜，乃用以逸待劳之法，围困生番洞主。洞主大惊，乃求计于刘大帅。大帅令其回去坚守，容再酌商。生番主回至营中，思欲杀出重围，惟见倭军枪炮着实利害，因此数次冲突不出。围困数日，生番营中粮草告尽，粮台官入禀生番洞主。洞主益加愁闷，无计可施。时生番兵内无粮草，只得各处寻觅可食之物以御饥，忽有生番从山中采得野白菜而回，分派各营煮熟充饥，惟各番兵凡食此菜，各皆渐渐腹大如瓠，痛不能耐，直至半日之久方始渐消而愈。生番主闻知，实知此菜有毒，不禁大喜，从中生出妙计。遂传令番兵将所有山生之野白菜尽数采下，用以煎水，教兵士当更深夜静之时，放入附近倭营食井。又教整备刀枪，准明日正午杀出。安排已妥，各军得令，依计而行。

翌日早晨，倭军果然从井汲水造饭，倭军食之，尽沾河鱼之疾，登时腹如抱瓮，疼痛不堪。未几倭帅闻生番杀来，即教整兵应敌，惟各营官禀报，谓兵士俱患腹痛，实难支持。倭帅以为兵士不服水土，乃逼令勉强执兵应敌。惟生番与黑旗军两枝生力兵狠狠杀来，如入无人之境，倭兵各带重病，焉能抵挡？只得大败而走。生番乘势长驱大进，杀入倭营，劫得倭军辎重粮草无算。

生番洞主既邀大捷，而刘大帅亲统之军亦浩荡而来，番主与刘帅会晤之下，喜形于色，两相庆贺。刘帅乃烹羊宰牛，大犒军士，并厚赏生番洞主。刘大帅素知生番洞主赋性贪婪，乃将所夺倭营之粮草辎重尽归洞主，以为奖赏。洞主领赏之后，欣喜不胜，即时整顿大军，以图恢复台北。按生番洞主本是不入教化之民，尚且忠心苦战，而黄仕休、龚照玙等世受君恩，不思报国，竟闻风先溃，真狗彘之不如也！生番计守基隆之事，后人有诗赞之：

生长深山别世人，此身未受帝王恩。

执锐披坚殷御敌，独钦草莽作忠臣。

欲知后事如何，且待下回再说。

第二十六回
倭人暗度打狗　刘帅勇镇台南

　　却说生番洞主自在基隆获胜之后，即从小路进兵，以图恢复台北。奈生番虽有斗志，而所用军械未精，所以又不能阵阵取胜，而倭人亦每中生番诡计，故亦莫能进雷池一步。

　　倭人见进兵不利，遂移其军，从打狗杀来。打狗虽一掌之地，而险隘极多，守之甚易，攻之甚难。倭人一连数日为波涛所阻，卒不能登岸。时防守打狗者亦有黑旗军数营，颇为勇敢，且亦知兵。有日倭帅想就一计，乘潮水退下之时，令各倭兵均下舢板，取其易于登岸，先放连珠大炮，然后乘势着舢板急驶近岸。惟打狗之水势涌流甚急，黑旗军探知倭兵欲用舢板登岸，乃各乘杉排从上流放下。是时正在潮流极急，水势滔滔，杉排随流而下，与舢板相撞，击沉倭人舢板无数。舢板之兵，多占灭顶。

　　倭帅又见失利，于是闷闷不乐。黑旗军获胜之后，不胜闹热，各皆开怀畅饮，以相庆贺。是晚正值月明星稀，倭帅思量进兵之法，闷难入寐，乃从船桅上遥望，只见打狗岸上风清月白，万籁无声。倭帅料知华军因胜而骄，定必不作准备，遂教兵士各驾舢板，潜师夜出，不要放炮，静静登岸。兵士依令而行，果然上了彼岸，放起火来，欲将土兵营寨焚毁。士兵从梦中醒来，疑是失火，各人一味整备救火之物，全未准备接战。故倭兵虽少，一拥而入，势极难当，土兵那里抵敌，遂败而走，投奔黑旗营来。

黑旗军闻报打狗已被倭人登岸，不禁惊骇，统带方家骅一面使人奔报刘大帅，一面点兵应敌。先统黑旗军据守炮台即时放起连珠大炮，以拒倭人。倭兵虽勉强力攻，究竟数日不能前进。黑旗奋力死守，以待救兵。时刘大帅自基隆与生番主胜了倭人之后，探得倭人欲从打狗登岸，遂吩咐生番洞主坚守基隆，不可有误，遂自领黑旗大军来守打狗。不料行至中途，忽接谍使来报，谓倭人已由夜半静中登岸。刘大帅闻而大惊，仰天长叹，乃问现时黑旗军如何战守。谍使报谓黑旗军据住打狗炮台，死守不出，以待救兵。刘大帅闻言，迷闷无主。时刘公子在旁曰："黑旗乃旧部之将，素忠心于父亲，若弃之而不救，恐失众心矣。"刘大帅曰："吾正为此纳闷。"刘公子曰："吾平日见父亲杀敌如割草，今黑旗被困，父亲大军一临，倭兵自然冰消瓦解，父亲何忧闷之甚也?"刘大帅曰："吾之所忧者，非忧不能胜敌也；实因打狗火药局于未议割台之时，已经无故轰毁，所有储蓄药料付之一炬。今打狗炮台军中所需定然火药不足，既无炮弹、火药，何能久守? 吾所忧者，实恐黑旗威名为倭人减色耳。"刘公子曰："尝言救兵如救火，父亲何尚滞而不发耶?"刘帅曰："打狗既无炮弹、火药，我大军前去，是谓罗网自投，况基隆与打狗相隔甚遥，非能朝发而直至，今我军虽去，未必能解倒悬。依吾之见，不如使人前去探听黑旗军如何，倘尚死守，则着其勿候救兵，命其将炸药布置于炮台之内，于深夜时便弃炮台而去，倭人据之，必中吾计矣。"刘公子曰："此计甚妙! 然非差心腹之人不可。"刘帅曰："既如此，儿可代父一行。"刘公子领命，便策马加鞭，兼程赶至打狗，行了数日，已到该处，惟见黑旗军尚坚守拒敌。刘公子到了炮台，便将刘大帅之计说明，便令依计而行。

众兵得令，便即安排妥当，到夜静之时，便弃炮台而去。翌日，倭人进攻，见炮台旗帜全无，绝无人影，倭帅以为黑旗计穷而遁，乃鸣号角，着令倭军占据炮台。惟军令一出，各军兵欲图立功者均皆争先恐后，一时蜂拥而上。正欲查点炮架，并往各台勘视，讵触动炸炮药线，忽闻轰然一声，各炮台便一齐爆裂起来，倭兵尽皆逃命不及，被轰毙命者指不胜屈。而黑旗因兵力单薄，亦不敢追击，径奔刘大帅营来。见了刘大帅，禀报倭人中计之事，刘大帅不胜大喜。后刘大帅寻思，自己兵微，打狗非好守之地，遂将其军移入台南沪尾，暂行驻扎，以为后图。要知后事如何，且听下回分解。

第二十七回
败倭将台疆患疫　勇生番彰化复仇

话分两头，却说生番洞主自基隆用计杀败倭人之后，几番攻打台北，均未得手，遂退守基隆，或战或守，动静无常，虽其不能胜倭，而倭人亦不敢轻犯。生番洞主坚守基隆历有月余，惟性情强悍，过于勇敢，全未晓临事而惧、好谋而成。自视太卑，每日只求一饱便足，故民人亦颇厌之。

是时倭人既攻了打狗之后，直望北路来攻基隆，而基隆本是前后受敌之地，怎能支持？且生番洞主本是一勇之夫，又无器械，又复不甚得民心，所以为倭人败数阵，惟生番不顾身命，乐于死战，极为勇敢。一夜，生番洞主独自一人手执洋枪、毒箭，潜入倭营，径欲谋刺倭帅桦山。不料事机不密，已被倭兵探悉，叫喊起来，便将其捉获，即行斩首。内山各生番闻洞主就擒被戮，不胜痛恨，誓欲报仇。于是内山生番合力同心，每日制箭造标，不遑暇食，无日不以复仇为念，此话暂停。

且说刘大帅自领兵退入台南之后，台北、基隆、打狗等处已为倭人所有，倭帅屡欲攻取台南，惟行至中途，每为义民攻击。且台北之民不时叛乱，所以每每中止。倭人虽不甚费力，已得台湾半地，但倭人水陆各军均染疬疫，倭营将士因而毙命不下万数，日主亦为之大惊。当时倭人均视台湾为畏途，甚至倭廷分发官员至台供职亦有不愿往者，惟逼于军令，亦无可如何耳。

且说内山生番探闻倭人患疫，新到之兵多是不合水土，半月之久未敢进发。生番不禁大喜，乃联集大队，从彰化小路浩浩荡荡奔杀而来，倭人闻报生番报仇，乃整队应敌。倭人虽有枪炮之精、干戈之利，奈军多带疾，所以每战必败，连退百余里。生番一路追杀，重重围困，倭帅无计可施，只得略以巨资，生番却而不受，惟欲得仇人而甘心。倭帅桦山屡与相议，生番遂杀了仇人，以祭洞主，然后解围而去。桦山所统之兵是时退回打狗，暂息干戈，以避时疫，倭廷多发良医调治从征军士，不在话下。

且说自倭人退回打狗，刘大帅统领黑旗军退守台南，每日派人四出打探倭军虚实，忽听谍使回报，述倭军疠疫渐将全愈，不日来攻台南。刘大帅闻言，面有忧色，细想台南布置防务犹未尽善，倘倭来攻，难卜必胜。细思良久，乃命别营军兵假冒黑旗，诈称攻取台北，以疑日兵之心。倭帅竟中刘大帅之计，未敢轻进，又过数日，见黑旗毫无动静，方敢再议进兵。遂统大军杀奔台南而去。惟大帅自到台南，每日训练士卒，辛勤昼夜布置防务，必躬必亲，可谓王事靡监，不遑启处，探闻倭人不日即杀将来，遂拨大军在新竹、彰化两处与倭人决战。连日黑旗大胜，杀俘无算。自倭军往攻台南，台北义民因倭人政令与中国迥异，殊多不便，聚众叛倭，竟将台北铁路用炸药轰毁，使倭人艰于运兵，不能接应前军，以致台南倭兵又为刘将军连败数次。倭人只得且战且退，而刘将军深知己军虚实，只能作主，不能作客，所以不敢进军追赶。刘大将军量敌而后进之事，后人有诗叹之：

先声久已骇人闻，独任干城扫寇氛。

进退自循孙武略，法令严同细柳军。

欲知后事如何，且听下回分解。

第二十八回
刘将军两次破倭阵　勇生番乱箭助华兵

却说倭人败了数阵，退后几十里，见黑旗不来追赶，乃大喜曰："黑旗军不来追赶，定然粮草未足，我军若乘败而劫彼之营，黑旗屡胜必不准备，刘永福或可擒也。"倭帅遂命各军，饱餐战饭，整备劫营。

是日刘大帅见黑旗粮草将绝，调运殊艰，遂想劫入倭人营寨，即命各军依计而行。是夜漏下二鼓，刘军即时点队，往劫倭寨。不想来到半途，与倭军正正相遇，于是枪炮齐施，声如雷电，大战一阵，倭军又败。刘大帅知倭有备，营非易劫，且军士劳苦，半夜不便使其再攻，遂教收兵回寨安息。兵至营门，刘将军传令于众，曰："倭人之来，本欲乘我之胜而劫我营也，今观彼军之举动尚未知止，彼军虽败，吾恐其必将复来。"乃吩咐各军人不许离甲，以备御敌。时各军咸谓倭兵已经大败涂地，岂敢复来？多有疑而不信，故大半兵士睡去。不料天将黎明，寒鸡报晓，忽闻喊杀之声，倭军已到。刘军黑旗多从梦中惊醒，方知刘帅之言不谬，即时执起器械前来应敌。倭军虽势大，而达旦通宵未尝停歇，兵力已疲，抵敌黑旗各军不住，又复大败而走。黑旗军乘着清晨爽气，勇加百倍，追杀一阵。倭兵不熟路途，且追兵甚急，以至撞入内山。

按内山生番素好晨早四出打猎，忽见倭军误走入来，且见军势不甚浩大，所以隐于山中，登高遥望，细加察视。只见黑旗与倭军两相接仗，生番见倭军欲从小路逃走，生番便将乱箭射下。倭帅抬头观看，只见四面高山茂林，殆遍不见一兵，只见箭如雨下，疑有埋伏，乃拨军兵退回。方移阵脚，刘军黑旗经已赶到，杀得倭军无路逃生，统领柯梅吉及各军俱弃械下旗，以示战败。刘大帅看见，便动了恻隐之心，因念好生之德，遂开大量，放开一条路，如林逋放鹤，尽使走去。倭兵遂觅路逃走。惟内山路途太散，无从得出，倭兵多有饿死内山者。当时又逢大雨时行，连日倾盘如注，倭之败军虽得死里逃生，然未免如落汤之鸡。所有残兵败将因寒暑所感以致毙命者，亦属实繁有徒。是役也，倭军五千余人得贺生还者不满百数，可谓惨矣。刘大帅大量容人，义释倭军，读者至此因念与《三国志》华容释曹之事相似。后人不禁以诗赞之：

　　　　慈祥本性出英雄，华容道上纵孤穷。
　　　　刘君义释倭兵日，举世同钦大将风。

　　倭之残败军兵回至打狗，见过桦山，禀知此事。桦山心中忧闷，忽有某统领挺身出曰："某有妙计，管教刘永福丧于我手。"桦山问有何计，某统领曰："仆受大帅厚恩，万死无以为报。今愿亲往黑旗诈称求和，如此如此，管教刘永福必入吾彀中，俯首就擒矣。"桦山曰："此计恐难瞒刘永福，然计不能行，亦属无碍。"遂任某统领施行，某即欣然孑身而去。不知其用何计策，且听下回分解。

第二十九回
桦山氏弄巧成拙　刘永福乘机设伏

却说刘大帅自败了倭人数阵，义释倭军，威名益加大振。镇守台南半月之久，倭军不敢侵犯。一日升帐，忽有营官入禀，谓有倭臣来投。刘将军曰："此来非好意也。"乃命刀斧手排列帐前，并将与己面貌相似之亲兵十名打扮与己一样，高坐帐中，自己却隐于屏后。俄而某统领进帐，行礼既毕，称言我国畏刘大帅之威，特来请成等语。帐内齐喝一声，响如洪钟，某统领吓得魂飞魄散，抬头一望，见帐上坐有十人，皆系红顶花翎，身穿黄马褂，蟒服挂着朝珠，面貌举动俨如一样。某统领思疑莫测，不觉害怕起来。俄而屏内走出一人，与帐内十人衣冠面貌无毫发别，厉声言曰："大胆倭人！敢来诈降，班门弄斧耶？左右为我擒之！"两旁刀斧手听令，即上前将其擒住，遍搜其身，果有炸药。刘大帅益加震怒，喝令刀斧手推出斩之。刘大帅随后即写书一封，回覆桦山谓据某统领请成，并言分割台湾，永以为好，某甚喜悦，从此互息干戈，以救万民性命。然此事重大，非徒以一面之词为实，必须两帅面立约章，方可深信。

倭帅接书后以为得计，便领军先入台南。不想来至中途，早有黑旗军埋伏，截住去路，与倭军厮杀。桦山便将请成之事说知黑旗军，而黑旗军诈作不知，乱将倭兵大杀。俄而刘将军所统之军亦到，两军相见，各有并吞之意。本欲大家相见然后行计，惟黑旗军过于勇敢，一见桦山便要厮杀，刘大帅睹此情形，即将某统领头抛与桦山观看。桦山一见，自知中计，即时传令教大军退回。不想行不数武，又有一军拦住归路，与桦山厮杀。桦山见黑旗军勇敢，万人一心，且俱系敢死之士，若非智取，难于胜敌，于是鸣角收军，再作后图。而刘大将军以自己粮草不甚充足，未便厮杀，亦赶回台南筹集兵饷去讫。

倭军自刘大将军去后，如释重负，每日将境内地方搜斩倡举义旗之人。新竹一带村民曾拒倭兵，倭兵遂用火烧毁一空，玉石俱焚。时各村愚民无计逃走，不堪其苦。按台地之人多信猴王菩萨，凡有灾患，咸谓神灵下凡相救。于是新竹之民筑坛建醮，数天祈请猴王，以静地方而安民生。台民祈祷七天，并无灵感，于是有等好事之人遂乘机煽惑，谓猴王大帝平日爱惜台民，台湾有事往往下凡救应，今日祈祷七天毫无灵感，此必上天使然，台湾应归倭有。民人听闻此言，于是改投倭营者不绝于道。新竹所有团练义勇亦渐渐散去。桦山见新竹之民稍为宁静，遂出榜安民，惟尚有等义民将告示扯破，甘受其罪，虽斩首市曹，犹骂声不绝。

倭既得新竹，分兵两路，一攻打彰化，一攻打台南。彰化虽弹丸小邑，而地多险阻，且民人尚义，奋力死战，以致倭帅桦山莫能越进一步。且自派兵去后，连接凶报，谓倭兵屡战屡败。倭帅闷闷不乐，寻思半日，遂得一计。不知其用何计，且听下回分解。

第三十回
袭彰化倭人诡计　镇台南勇将势孤

　　却说倭帅因彰化凶报迭闻，闷闷不乐，寻思半日，忽得一计。暗思彰化之民所以死战死守、心不携贰，实恃有刘永福在台南力相救应，故民心坚定。今若用厚贿交通彰化众绅，使其在内布散谣言，称说刘大将军业已逃走，不知去向，台南已为倭所占，以惑民心，彰化之民既失所望，必无战心，那时乘机攻之，何愁不克？

　　于是着令心腹之人数名，多备金银珠宝依计而行。众皆改扮商民，混进城中，用厚贿交结众绅。众绅爱财如命，那管失地丧师之辱，遂在彰化四布流言，谓台南已失，刘大帅不知去向。一时各义民以为实事，莫不痛惜良深，民心从此解体。俄而闻报倭人又将杀来，彰化义民果无心交战，至为倭人所败，倭人由是乘势袭了城池。未几，黑旗军大队奉刘将军命前来救应，义民方知前传俱系谣言，人心复定，再与倭战，义民、黑旗两军虽勇敢，奈彰化城内已有倭兵坚守，谅难恢复。未几，又为倭人败了一阵，无奈弃了城池，来投台南刘大帅，将中计失城之事述了一遍。刘大帅明知众绅诡计，遂佯作不知，仍发兵一枝来战彰化，声明欲护众绅。倭帅闻言，不禁大喜，欲将计就计，诈败一阵，密令众绅逃去台南作内应。于是战不数阵，即便败走。黑旗各军尾追，遥见众绅统率义民

116

一队诈作追杀倭人，与黑旗相遇，假诉失城之事。黑旗军未知大帅用计，即拔营带同众绅起行来至台南，入见刘大帅。刘帅大怒，喝令将众绅缚出市曹斩决，以为贪财赂者戒。随将众绅首级示众，并用盒载好，送回彰化，作书以讽谢桦山，叙明代其捉获罪犯之意。

桦山览罢来书，不禁大怒，骂曰："刘贼欺吾太甚！吾必杀之。"遂于翌日早晨领大军来攻台南，决一血战。刘大将军闻倭军将到，因念台南外无救应，内无钱粮，又不能招募新勇，只得教黑旗旧部多伐林木，塞断来路，如倭进攻，则放火烧之，坚守勿出。安排妥当，仍在台南教民种植，并习武事，俨如老农一般。倭人在外百般用计，攻之不下。台南绅民既感大帅之德，复畏其威，所以倭人每行贿赂，亦无有受之者。而台南黑旗军出没无踪，倭人殊不可耐，凡勉强进攻，必大折兵士。倭军无可如何，而刘大帅在台南每日率其公子宣讲圣谕，以化愚民。是时台南虽有外患，而城内养兵练卒，耕田而食，凿井而饮，大有上古之风，堪称乐土。刘大帅仍每日训练士卒，辛勤劳苦，不敢少休，当时台南之人莫不称为民之父母。欲知后事如何，且听下回分解。

第三十一回
猛将军积劳成病　贤夫人劝主还乡

却说刘将军自退入台南，专理防务，训练士卒，日久辛勤，竟至积劳成病，连日卧床不起。刘大帅又恐倭人探悉，乘势来攻，遂教公子辈不许张扬，自在衙内静中调理。本欲四出访寻良医，又恐风声泄漏，以致日病日深，岌岌可虑。后由刘公子访得良医，名吃晕道者，带回衙内与刘大帅诊脉，谓其积劳成病，不难医理，惟病愈后仍守台南，诚恐旧病复发，命不能久。大帅闻言闷闷不已，只得请道者一连调理半月，身体果已全愈。刘夫人自念道者之言，力劝大帅卸任回乡，终老林下。刘帅闻言怒曰："台南之民视吾如父母，吾又何心而不视民如子乎？吾身一出台南，倭人必入，倭人入是陷吾民投于倭人也！"刘夫人曰："尝谓识时务者为俊杰，况台南药弹已尽，外无救兵，坐守此间，料难奋翼。虽百姓有敢死之心，然军中钱粮实不敷用，若恋守此间，倘有疏虞，平生威名从此减色矣！何不熟思审处耶？"刘大帅曰："如我卸任而去，人必以我为怯敌，独不怕名臭万年乎？"夫人曰："君一生枉有千般破敌之计，但此小谤独不能解乎？况今日镇守台南，实非出于君命，不过见众心之诚，故力保此土，以副民望耳。然今已势穷力竭，纵能坚守，亦难有为，何妨来清去明，集台南绅耆，告以苦衷，国人自当谅我，何怯敌之有？吾若怯敌，亦不待至今日矣！"

刘大帅念自己从仕多年，常有思乡之念，且时事多艰，宦海风波不测，无心仕进，于是从夫人言，集台南绅耆细述其积劳成病，欲回故里养疴。各绅耆皆有依依不舍之情，然见刘帅决意返里，不敢强留。台南之民于刘帅去日各皆送行，各绅耆亦亲临执盏饯别，乍听骊歌，悲难下咽，直饮至鱼更三跃，刘帅同夫人公子辈方始起程。绅耆送了一程又复一程，直送至卅余里，刘大帅禁其远送，而台民犹复依依不舍，仍以目盼一程，直至疏竹不造美，车马杳然，方始回去。刘大帅志在优游林下，归心似箭，且恐倭人截路相攻，故一路青山绿水无心玩赏，惟有急赶途程而已。

却说倭人迟之又久，始探得刘大帅舍了台南，离出台湾，不知其志在优游林下，以为欲逃出台疆，招集人马钱粮以图恢复。遂发电于台湾全岛，谓有能捉刘永福者赏银五万两。于是台湾四处不禁震动，台南之民咸以为刘大帅必为倭人所捉，实属可忧。不知日过一日，未尝闻有凶报，方知刘大帅已静中出了台岛。按倭防守津隘如此严密，而刘大帅全家竟能静中度出台疆，而倭人全未知觉，亦可谓神机莫测也。

且说台南自刘大帅去后，台民尚高展刘姓帅旗，未免先声夺人，初时半月之久，倭军不敢轻犯。后探得刘帅已去，方使人至台南劝降，惟黑旗旧部尚复不允，仍然据守不出。惟众绅力劝黑旗与倭帅订明，将所有黑旗旧部给发船票并回乡费用，方允退出。倭帅无奈，只得每名给发洋银贰拾元，以作回乡之费。而黑旗营勇多有用去银两留落台湾者，乃尽投内山生番而去。至今仍然常常出扰，与倭交战，出没无踪。倭人实属无计剿抚，故至今尚有深夜谋杀倭官者，亦皆此类。而倭人多视台湾为畏途，间有分发台疆充职者，竟作为不幸之事。黑旗之余风尚令倭人胆落，然则威名犹未减色也。有诗为证：

　　　　黑旗军士素威扬，杀敌堪夸膂力刚。
　　　　笑煞倭人真胆怯，至今犹怕到台疆。

欲知后事如何，且听下回分解。

第三十二回
看画图英雄堕泪　谈战策奸细行凶

却说刘大帅由台湾逃出，绕道汕头，因刘小姐偶沾风寒微病，遂休息调理，假唐公馆为行辕，住了七八天久。每日无事，带同从人四出游历。

一日从市上经过，忽见人稠如堵，小子犹众，争睹画图。刘大帅见了上前细看，只见画图所载皆是台疆交战故事。中有一幅刘大将军与生番洞主被困、兵士饥饿情形，刘将军看见触目伤心，因念自己往日威名充塞天下，今日势穷力尽，舍众百姓而还故乡，不禁心内恻然，堕了数点英雄之泪。是时人队中适有倭人奸细在内，看见英雄下泪，料为刘大将军。乃将战策一卷，故意向刘大将军叫卖。刘大帅身为战将，闻卖战策，那有不看之理？遂取一本来看，见其中所立之策虽未尽善尽美，而亦间有可观。乃问何人所作，卖者称说自出心裁。刘大帅以其人能造此等战策，谅亦多才之士，何不共谈兵机，聊解客中岑寂。遂命从人带其归寓，通问姓名，奸细自认越南人，姓张字西池。刘帅以同乡之情，益加亲厚，留在书室共话。细察其言谈吐属，鄙陋不堪，与所卖战策判若两人。心颇疑惑，然既邀之到寓，亦不能不优礼款待。

按刘大帅当公余之时，午候必瞌睡数刻，以养精神，日以为常。今日虽有客在，然既称同乡，故亦不甚避忌。值因困惫，遂卧在房中。奸细见刘大帅睡去，心中大喜，以为中计，即取出刀来欲谋行刺。正欲下手，适隔壁林姓因祈福酬神，燃放爆竹，轰然一声，把刘大帅惊醒。刘帅开眼一看，见客执刀，明知行刺，乃诈作熟睡。俄而见客战战惊惊，不敢下手，刘帅瞪目一看，见其身中似怀洋枪模样，恐受其害，即起来喝人擒获。力揭该客之非，并搜其身，并无洋枪，只有小刀一柄。刘大帅本欲送官究治，惟事虽目击，恐有可疑，且见该客跪下，叩头哀乞饶命。刘大帅转念，一生从事疆场，斩兵杀将，虽为寻常之事，而今日优游故里，自当戒杀。于是体上天好生之德，放之而行，该客抱头鼠窜。刘大帅在汕头既遇此事，自知必有倭人奸细谋害于己，由是时有戒心，益加谨慎。

刘大帅偶游行至民间村落，见多有贴自己之像以逐疬疫，刘帅自知威名远播，亦觉可笑。刘大帅住过数日，刘小姐身体业已平和，遂再乘轮以回故里。一两日间已抵香港。未尝登岸即换轮上省拜谒谭制军钟麟，制军平素钦服刘大帅才能，今日相逢不胜欣幸，邀请刘大帅宴饮。是时粤城水师提督郑心泉军门适归道山，该缺无人署理。谭制军欲保举刘大帅暂署，惟刘帅已淡于仕进，力却不就。而谭制军爱才若渴，仍保奏于朝，言若刘永福肯再履仕途，拜领此缺，实不负委任。圣旨许可，惟大帅宦情已淡，心如铁石，不肯领旨，遂回珂里广西而去。要知后事如何，且听下回分解。

第三十三回
淡仕途刘将军喜归珂里　息烽火大清主乐享太平

却说刘大帅离了羊城，买舟遄返粤西故里，沿途平安，不久抵岸，乃赡衡宇，载欣载奔，大小欢迎，家室团聚。大帅从仕多年，公而忘私，今日归来，儿童多有不曾相识者。正是：

儿童相见不相识，笑问客从何处来。

家人相见之下，乐叙天伦，共饮团圆之酒，不觉陶陶大乐。忽闻后园枪响声与喝采声相间，极形闹热。刘帅便问何故，家人禀报，四公子在园内习练洋枪，步骤连中数响，旁观一时高声喝采。刘大帅即着家人传四公子到来，公子闻父召，无诸立即趣步进前。刘大将军晓以宦海风涛，升沈无定，自后不必再习武事以求仕进，凡有余力，可讲求西学，以为立身之基。公子唯唯而退，刘将军从此种竹栽花，读书教子，大有自得之乐。有诗为证：

半世英雄遍九州，宦途厌倦去难留。
林下课儿资笑傲，山间花鸟尽堪俦。

却说日本自和议告成，台湾大局稍定，遂发林董为中国钦使，与中朝定立通商行船条约。其时正值李中堂简放出使俄国恭贺俄王行加冠之礼，所以中朝派张侍郎樵野为钦使与倭人会议。直至光绪廿二年六月十一日方始告成。该约共载有廿九款，略云：

大清国大皇帝陛下及大日本国大皇帝陛下因光绪廿一年三月廿三日即明治廿八年四月十七日马关所订条约第六款声明商订通商行船条约，是以大清国大皇帝陛下特派钦差全权大臣总理各国事务大臣尚书衔户部左侍郎张荫桓，大日本国大皇帝陛下特派钦差驻札北京全权大臣正四位勋一等男爵林董为全权大臣，彼此将所奉全权文凭较阅，均属妥善。会同议定各条款列于左：

第一款　大清国大皇帝陛下与大日本国大皇帝陛下及两国臣民均永远和好，友谊敦睦，彼此臣民侨居其身家财产皆全获保护，无所稍缺。

第二款　大清国大皇帝陛下可任便派一秉权大员驻札日本东京，大日本国大皇帝陛下可任便派一秉权人员驻札中国北京，两国所派秉权大员应照各公法得享一切权利并优例及应豁免利益，均照相待最优之国所派相等大员一体接待。享受其本员及眷属随员人等并公署住处及来往公文书信等件均不得扰犯擅动，凡欲选用役员使丁通译人及仆婢随从等均准随意雇募，毫无阻塞。

第三款　大清国大皇帝陛下可设立总领事、副领事及代理领事驻札日本国现准及日后准别国领事驻札之处，除管辖在日本之中国人民及财产归日本衙署审判外，各领事等官应得权利及优例悉照通例给予相等之官一律享受。大日本国大皇帝陛下酌视日本国利益相关情形亦可设立总领事、领事、副领事及代理领事往中国已开及日后约开通商各口岸城镇各领事等官，中国官员应以相当礼貌接待，并各员应得分位职权裁判管辖及优例豁免利益均照现时或日后相待最优之国相等之官一律享受。

第四款　日本臣民准带家属员役仆婢等在中国已开及日后约开通商各口岸城镇来往居住，从事商业、工艺制作及别项之合例事业，又准其于通商各口任意往返随带货物家具，凡通商各口岸城镇无论现在已定及将来所定外国人居住地界之内，均准赁买房屋、租地起造礼拜堂、医院、坟茔，其一切优例豁除利益均照现在将来给与最优待之国臣民一律无异。

第五款　中国现已准作停泊之港如安庆、大通、湖口、武穴、陆溪口、吴淞等处及将来所准停泊之港均准日本卸载货物，客商悉照现行各国通商章程办理。如日本船违章到中国别口非系准停泊之港亦非准通商口岸或在沿海沿江各处地方私做买卖，即将船货一并由中国罚充入官。

第六款　日本臣民准听持照前往中国内地各属游历通商，执照由日本领事发给，由中国地方官盖印。经过地方如伤交出执照，应随时呈验，无讹放行。所有雇用车船、人夫、牲口装运行李货物不得拦阻，如查无执照或有不法情事就近送交领事官惩办，沿途止可拘禁，不可凌虐。执照自发给之日起以华十三个月为限，若无执照进内地者，罚银不过三百两之数。惟在通商各口岸有出外游玩，地不过华百里、期不过五日者无庸请照，船上水手人不在此列。

第七款　日本臣民在中国通商各口岸可雇用中国人民办理合例事务，准中国政府及官吏不得阻碍禁止。

第八款　日本臣民任从自雇船只剥运货客，不论何项船

125

只，雇价银两听其与船户自议。中国政府官吏均无容干涉其船，不得限定只数，不准船户挑夫及各色人等把持包揽运送等情，倘有走私漏税情弊查出，该犯照例惩办。

第九款　各货物日本臣民运进中国，或由日本运进中国者，又日本臣民由中国运出口，或由中国运往日本者均照中国与泰西各国现行各税则及税则章程办理。凡货物于中国与泰西各国现行税则及税则章程之内并无限制禁止进出口明文，亦准任便照运，其运进中国口者只输进口税，运出中国口者只输出口税。至日本臣民在中国所输进出口税比相待最优之国臣民不得加多、或有殊异。又凡货物由日本运进中国或由中国运往日本，其进出口税比相待最优之国人民运进出口相同货物现时及日后所输进出口税不得加多或有殊异。

第十款　凡货物照章系日本臣民运进中国或由日本运进中国在中国照现行章程，由此通商口运至彼通商口时不论货主及运货者系何国之人，不论运器船只系属何国，所有税赋钞课厘金杂派各项一概豁免。

第十一款　日本臣民有欲将照章运入中国之货进售内地，倘愿一次纳税以免各子口征收者，则听自便。如系完税之货则应照进口税一半输纳，如系免税之货则按值每百两征收二两五钱输纳，时领取票据，执持此票内地各征一概豁免，惟运进鸦片烟不在此条之内。

第十二款　日本臣民于中国通商各口岸之外购买中国货物土产为运出外洋者，除出口时完出口正税外，如照以上第十一款所列数目照出口税则核算完纳子口税以抵各子口税项，此后不论在中国何处所有税赋课钞厘金杂派一概豁免。惟完子口税之日起限十二个月内运往外国。日本臣民在通商各口岸购买中国货物土产非系禁运出外洋之物运出口时，只完出口正税，所有内地税赋课钞厘金杂派一概豁免。又日本臣民在中国各处购买货物以备出外洋，准由此通商口岸运到彼通商口岸，惟应照现行章程条规办理。

第十三款　凡货物如实系洋货，已完进口税后，自进口之日起限三年内不论何时准日本臣民复运出口。俾往外国，毋庸再纳出口税。惟复运出口之货须实系原包原货并未拆动抽换，准将已完之进口税由海关给发收税存票付执，如该臣民愿持票赴关领取银者听。

第十四款　中国国家允在通商口岸设立关栈，章程日后酌定。

第十五款　日本商船进中国通商各口纳船钞，按注册墩数在一百五十墩以上者，每墩纳船钞银四钱。一百五十墩及以下者，每墩纳船钞银一钱。如该船进口后未经开舱欲行他往，限四十八点钟之内出口，不纳船钞。如已纳船钞之船自领出口红票之日起限四个月之内，可往中国通商各口及准停泊之港，毋庸再纳船钞。凡日本商船在中国修理之时，亦毋庸纳船钞。又日本臣民使用各种小船装运客商行李书信及应免税之货往来中国通商各口，均毋庸纳船钞。惟各种小船货艇运往货物其货于运载时应输税课者，该船须按四个月纳船钞，一次每墩纳银一钱。所有日本大小船只除纳船钞外，并无别项规费，至所纳船钞不得过于最优之国各船所纳之数。

第十六款　日本商船进中国通商各口听其雇引水之人，完清应纳税项之后，亦听雇觅引水之人带领出口。

第十七款　日本商船遇有损坏或别项事故致逼觅避难之处，不论中国何处，准其驶进附近各口暂泊，毋庸纳船钞。其船因修理起卸货物报归海关委员查察，则毋庸纳税。凡日本船在中国沿海地方碰坏搁浅，中国官员立即设法救护搭客及船上一切人等，并照料船货，所救之人当加意看待，并随时察看情形，有须设法护送者即妥送就近领事官查收。如中国商船遇有损坏或别项事故逼入日本附近海口暂避，日本官员亦照以上所载一律办理。

第十八款　中国通商各口官员凡有严防偷漏之法，任凭相度机宜，设法办理。

第十九款　日本船只被中国强盗海贼抢劫者，中国官员即应设法将匪徒拿办追赃。

第二十款　日本在中国之人民及其所有财产物件专归日本，妥派官吏管辖，凡日本人控告日本人或被别国人控告均归日本，妥派官吏讯断，与中国官员无涉。

第二十一款　凡中国官员或人民控告在中国之日本臣民负欠钱债等项、或争在中国财产物件等事归日本官员讯断，在中国日本官员或人民控告中国臣民负欠钱债等项、或争中国人财产物件等事归中国官员讯断。

第二十二款　凡日本臣民被控在中国犯法，归日本官员审理。如果审出真罪，依照日本法律惩办。中国臣民被日本人在中国控告犯法，归中国官员审理，如果审出真罪，依照中国法律惩办。

第二十三款　中国人有欠日本人债务不偿或诡诈逃避者，中国官务须严拿追缴。日本人有欠中国人债务不偿或诡诈逃避者，日本官亦应一体办理。

第二十四款　日本人在中国犯罪或逃亡负债者潜往中国内地或潜匿中国臣民房屋或船上，一经日本领事照请，即将该犯交出。中国人在中国犯罪或逃亡负债者潜匿在中国之日本臣民所住房屋或中国水面日本船上，一经中国官照请，日本官即将该犯交出。

第二十五款　按照中国与日本国现行各约章，日本国家及臣民应得优例豁除利益，今特申明存之勿失。又大清国大皇帝陛下已经或将来如有给予别国国家或臣民优例豁除利益，日本国家及臣民亦一律享受。

第二十六款　此次所定税则及此约内关涉通商各条款日后如有一国再欲重修，由换约之日起以十年为限期，满后须于六个月之内知照，酌量更改。若两国彼此均未声明更改，则条款税则仍照前办理，复俟十年再行更改，以后均照此限此式办理。

第二十七款　今两国欲照此次所立条约遵行，须商定通商章程条规，惟于未定以前应照中国与泰西各国现行章程条规与此约所订不相违背者，两国一律遵办。

第二十八款　本条约缮写汉文、日本文、英文署名为定，惟防以后有所辨论，两国全权大臣订明，如将来汉文、日本文有参差不符，均以英文为准。

第二十九款　本条约两国大皇帝批准后，在北京迅速互换。其互换日期由本日署名起至迟不逾三个月，为此两国全权大臣署名盖印以昭信守。

光绪廿二年六月十一日　明治廿九年七月廿一日。大清国钦差全权大臣总理各国事务大臣尚书衔户部左侍郎张荫桓　大日本国钦差驻札北京全权大臣正四位勋一等男爵林董。

中日既立商约之后，共敦和睦。中国深耻为倭所败，乃将各政

事大修，参以西法，又开芦沟铁路，创立银行，设办邮政，政治一新，四方民人皆享升平之世，至今外邦犹未敢犯，想必将来益加强盛，威震五洲矣。识者谓中国不有此败，未必鼎新革故，改章变通，此亦天假日人以成中国自强之道也。后人有诗志之：

干戈既息乐升平，国事于今力变更。
富国强兵求在我，四方从此颂英明。

《说倭传》历史人物简介

（依书中出场为序）

  李鸿章（1823—1901）安徽合肥人。字少荃。道光进士。1853年在籍办团练抵抗太平军。继为曾国藩幕僚。1861年奉曾国藩之命编练淮军。1862年，调淮军至上海，在英、法、美等列强支持下与太平军作战，升任江苏巡抚，伙同戈登"常胜军"攻占苏州、常州，镇压太平军。天京陷落后，封为一等肃毅伯。1865年署两江总督，率军赴河南与捻军作战。次年任钦差大臣，先后镇压了东、西捻军。1867年授湖广总督。1870年继曾国藩任直隶总督兼北洋通商事务大臣，掌握清政府外交、军事、经济大权，成为洋务派首领。先后创立江南制造局、金陵机器局、轮船招商局、开平煤矿、漠河金矿、天津电报局、津榆铁路、上海机器织布局等。又利用海关税收购买军火和军舰，建立北洋海军，开办北洋水师学堂。1876年与英签订《烟台条约》。1885年中法战争中，与法国订立《中法新约》。1894年中日战争中，避战求和，签订《马关条约》。1895年曾捐款资助强学会并拟入会，遭维新派拒绝。1896年接受帝俄贿赂，在莫斯科签订《中俄密约》，出卖主权，允许俄国在中国东北修筑铁路等。在戊戌变法中采取观望态度。1900年八国联军侵占北京后，被任为全权大臣，在1901年同庆亲王奕劻代表清政府与列强签订《辛丑条约》。谥文忠。有《李文忠公全集》。

叶志超（？—1901）安徽合肥人，字曙青，行伍出身。早年投身淮军，跟随刘铭传镇压捻军。光绪初年，代理正定镇总兵，率练军驻守新城。1889年，升任直隶提督。1891年，率部镇压热河朝阳（今辽宁朝阳）金舟教起义。1894年夏，奉命率军赴朝鲜，驻牙山。7月，日本侵略军向牙山进攻，不做抵抗，率军逃到平壤，竟向清政府谎报战功，被任命为驻平壤清军统领。但仍不作战守准备。9月，日军进攻平壤，准备弃城逃跑，被总兵左宝贵强制留住。玄武门失守后，又率先尽弃粮械军资溃逃，狂奔500里，退过鸭绿江，沿途险要皆弃之不守。事发后被革职。1895年槛送北京，判斩监候。1900年获释。1901年病死。

慈禧太后（1835—1908），叶赫那拉氏，名杏贞。慈禧出身于满洲镶蓝旗（后抬入满洲镶黄旗）一个官宦世家。清文宗咸丰皇帝的妃子，清穆宗同治皇帝的生母，以皇太后身份或垂帘听政或临朝称制，为自1861年至1908年间大清帝国的实际统治者，为期仅次于清朝康熙帝和乾隆帝。生前，外人有以"慈禧太后"、"圣母皇太后"、"那拉太后"、"西太后"等称之；自光绪年间，宫中及朝廷开始以"老佛爷"尊称之；死后谥号为"孝钦慈禧端佑康颐昭豫庄诚寿恭钦献崇熙配天兴圣显皇后"。

刘坤一（1830—1902）湖南新宁人。字岘庄。廪生出身。1855年率团练在湖南与太平军作战。1856年隶属于湘军刘长佑部。1862年后任广西布政使，江西巡抚，两广总督。1879年调任两江总督兼南洋通商大臣，参与洋务运动。1891年奉命帮办海军事务。中日甲午战争时期，主张抵抗，反对言和，率湘军出战，任钦差大臣，驻山海关。辽河一战，全军溃败。1895年列名参加强学会。1899年上书反对废黜光绪帝的策划。1900年义和团运动爆发后，与张之洞等在外国势力策划下搞"东南互保"。1901 年与张之洞联名上"江楚会奏三折"，提出举办各项"新政"。不久加太子太保衔。1902 年病死。遗著辑为《刘坤一遗集》。

汉纳根（Constantin Von Hanneken，1855—1925）德国人。1879 年从德国军队退伍，被中国驻柏林公使馆聘请来华，在天津任教官兼任李鸿章的副官，并设计建筑旅顺口炮台。1894 年中日甲午战争爆发时，在搭乘英商高升号轮船赴朝鲜途中，遭日本军舰炮击，船沉而人幸免于难，后参加了黄海战役。中日甲午战争结束后，仍任中国军队教官。清朝末年转而经营井陉煤矿，直至 1917年中德断交为止。1918 年底被中国政府遣送回国。1921 年再度来华。死于天津。

左宝贵（1837—1894）山东费县人，字冠廷，回族，行伍出身。1856 年投效江南大营，参加镇压太平军。1865 年任副将，参与镇压捻军。后升记名提督。1889 年授广东高州镇总兵。1894 年中日甲午战争爆发后，率军进援朝鲜。在大同江与日军激战，后退守平壤城北山顶和玄武门。9 月 15 日，在日军发起进攻平壤清军统帅叶志超企图弃城逃跑时，自动登城指挥，并派亲兵监视叶志超。16日，身受重伤仍坚持督战，后被击中咽喉牺牲。

宋　庆（1820—1902）山东蓬莱人。字祝三。1853 年投军，参与镇压捻军。1866 年授南阳镇总兵。1868 年授湖南提督。1874 年调任四川提督。1880 年会办奉天防务。1882 年驻防旅顺。1884 年中日甲午战争爆发后，任前方各军统领，率部与日军作战。1895 年春因作战失败受革职留任处分。1900 年帮办北洋军务。1902 年病死。

聂士成（?—1900）安徽合肥人。字功亭。武童出身。初入团练大臣袁甲三部。1862 年改隶淮军，参加镇压太平军和捻军。从把总升到总兵。1884 年，率军渡海去台湾，参与抗击法国侵略军。1893 年，赴东三省察看边境。1894 年，应朝鲜政府邀请，随提督叶志超率军赴朝鲜，与日军作战。后撤回中国境内，扼守辽东摩天岭，大量杀伤日军，以战功升任直隶提督。1898 年，所部 30 个营改为武卫前军。1990 年，主张镇压义和团。在与八国联军战争中，率部守卫天津。在八里台战斗中，多处负伤，仍坚持指挥战斗，后中炮身亡。著有《东游纪程》、《东行日记》。

卫汝贵（约 1836—1895）安徽合肥人。字达三。清末淮军将领，曾随刘铭传镇压捻军，升为总兵。1894 年夏中日甲午战争爆发，率兵进驻平壤，不事抗敌，贪污军粮。日军进攻平壤时，率军逃窜。1895 年被押至北京处死。

卫汝成　安徽合肥人。清末淮军将领，记名提督衔总兵。1894 年中日甲午战争爆发后，奉命招募成字部队五营增援旅顺。曾助拱卫军统领徐邦道在土城子截击日军。后所部被日军偷袭，损失严重。白玉山后路炮台失陷，与旅顺前敌营务处总龚照玙弃军乘船逃走，4 日后抵烟台，扮成船户模样上岸潜逃。不知所终。

丁汝昌（1836—1895）安徽庐江人。字禹廷、雨亭。《说倭传》中作"丁禹昌"。早年参加太平军，后叛投湘军，不久改隶淮军刘铭传部，参与镇压太平军和捻军，历任参将、提督。曾赴英国购置军舰，1888 年出任北洋海军提督，对扩展北洋海军有所建树。1891 年率舰队访问日本。1894 年赏加尚书衔。同年中日甲午战争爆发，9 月，在黄海海战中，指挥舰队作战，重创日军旗舰松岛号等数舰，但北洋舰队也受到重大损失，战斗后被革职留任。并奉李鸿章避战的命令，率舰队退入山东威海卫（今威海市）。11 月，赴天津向李鸿章请战未准。1895 年 2 月，日军攻陷威海卫时，他坚守刘公岛，多次组织将士反攻，拒绝投降，在内外交逼的情况下，于 1895 年 2 月 12 日服毒自杀。

邓世昌（1849—1894）原籍广东东莞，生于番禺（今广州）。字正卿。1867年考入福州船政学堂，为驾驶班第一届毕业生。历任福建水师海东云、振威、飞霆、扬威等舰管带。1879年调北洋水师。1888年，授记名总兵，加提督衔。同年任北洋海军中营中军、副将兼致远舰管带。在黄海海战中，指挥致远舰与日本军舰作战，在军舰受到重创的情况下，下令向日舰吉野号猛撞，准备与其同归于尽，不幸在冲击中被击沉，与全舰250余名官员同时殉难。

林国祥　广东广州（一说福建）人。1867年到福州船政学堂学习。1871年毕业后，在建成、扬威等船实习。后任广东水师广乙舰管带。1894年率广乙舰北上与北洋舰队会操。7月，率广乙舰和济远舰一道护送仁字军去朝鲜。25日，当返航到朝鲜丰岛海面时，遭到日本舰队的袭击，激战一个多小时后率广乙舰退出，不久船在朝鲜西海岸搁浅，下令凿船登岸。后乘英国船回国。黄海大战后，接任济远舰管带。1895年2月北洋舰队全军覆没后，被革职，后不详。

方伯谦（？—1894）福建人。字益堂。早年考入福州船政学堂学习。1877年3月赴英国学习驾驶。1894年7月下旬，中日甲午战争爆发前夕，奉命管带济远号会同操江号等舰，护送高升号送援兵赴朝鲜。在丰岛海面遭日军吉野等舰袭击，临阵畏缩，不准开炮，并升白旗求降，致高升号被日舰击沉，操江号被俘，清陆军700多人殉难。后隐瞒求降逃跑实情，谎称击毙日海军司令，冒领战功。同年9月17日，在黄海海战中再次怯逃，慌乱中撞伤己舰扬威号，致使扬威号被日艋击沉。9月下旬被清廷斩于旅顺。

刘永福（1837—1917）广东钦州（今属广西）人。本名义，字渊亭。1857年参加广西天地会起义。太平天国失败后，在广西、云南边境组织黑旗军，抗击清军。1866年为保存力量避入越南，坚持抗清。法将安邺进犯河内时，奋起抗法，杀安邺，歼其全军，被越南政府任命为三宣副提督。1883 年在河内城西纸桥大败法军，杀法将李威利，因功升三宣正提督。中法战争爆发后，接受清政府收编。1886 年任广东南澳镇总兵。1894 年移驻台湾，帮办军务。1895 年夏在台南被推为军民抗日首领。1902 年任碣石镇总兵。1911 年武昌起义后，被推为广东民团总长，旋辞职回籍。

马玉昆（？—1908）安徽蒙城人。字荆山，一作景山。1862 年以武童生在乡办团练。1865 年跟从毅军将领采庆镇压捻军，官至都司、副将，以总兵记名。后调西北镇压回民起义。1874 年随乌里雅苏台将军金顺出嘉峪关，与左宗棠部共同抗击阿古柏和沙俄侵略。率军居西北十余年。光绪间调直隶办理营务。1894 年补授太原镇总兵，驻防旅顺口。甲午战争时，率毅军赴朝，守平壤南门外之大同江左岸，曾与日军血战。继于辽宁大平山、田庄台等地力抗日军。1899 年擢浙江提督，次年调直隶。八国联军入侵时，统武卫左军战于津郊、北仓。后护送慈禧太后和光绪帝逃西安。1901 年还京，加太子少保衔。

张之洞（1837—1909）直隶（今河北）南皮人。字孝达，号香涛，晚号抱冰。同治进士。1837 年 9 月生于贵州兴义。1863 年中探花，授翰林院编修。1877 年任文渊阁校理。次年补山西巡抚，对山西积弊进行改革，开始筹办洋务。1884 年授两广总督。在中法战争中是主战派。战争结束后开始大办洋务：设水陆师学堂，创枪炮厂，开矿务局等。1889 年调补湖广总督，又开办汉阳铁厂和湖北枪炮厂，设织布、纺纱、丝、制麻四局。1894 年署理两江总督。甲午中日战争中是主战派，反对签订《马关条约》。战后退任湖广，组练湖北新军，以图加强国防。1898 年发表《劝学篇》，攻击维新思想。义和团运动时是"主剿"派，主张维护列强在华利益。参与策划"东南互保"。1901 年后，成为清政府搞"新政"的主要角色之一。1907 年 7 月授大学士、充体仁阁大学士，9 月，补授军机大臣，兼管学部。1908 年兼充督办铁路大臣，1909

年 10 月病死于北京。追谥文襄，晋赠太保。翌年归葬南皮。有《张文襄公全集》。

李秉衡（1830—1900）奉天海城（今属辽宁）人，字鉴堂。捐纳县丞出身。1879 年后，曾任冀州知州，永平知府，浙江、广西按察使。中法战争中护理广西巡抚，与冯子材分任战守，团结抗法，功绩卓著。1894 年中日甲午战争爆发，任山东巡抚，因威海卫（今威海市）失守，被谴责。1897 年因反对德军借口巨野教案在胶州湾登陆，被免职。1900 年起用为长江巡阅水师大臣。曾参与东南互保。八国联军攻陷大沽，由江苏率兵北上勤王，继赴武清河西务与联军激战，溃败后于 8 月 11 日在通州（今通县）自杀。

吴大澂（1835—1902）江苏吴县人。字清卿，号恒轩，又号愙斋。同治进士，授编修。出任陕甘学政。曾上疏请停修圆明园。1878 年授河北道。1880 年随吉林将军铭案办理东陲边务。1891 年会办北洋军务。1884 年任左副都御史，诏令处理甲申政变，抵制日本对朝鲜的侵略活动。翌年赴吉林与俄使会勘边界，据理争回被沙俄侵占的黑项子地区，立界碑。1887 年调任广东巡抚，反对总理衙门将澳门划归葡萄牙管辖。1888 年参与治理郑州黄河决堤，因功实授河道总督。1892 年任湖南巡抚。甲午中日战争爆发，奏请从军，任东征军务帮办，率湘军 3000 人赴辽抗日。1895 年 3 月在牛庄附近为日军所败，被革职留任。1898 年又被处以革职永不叙用。善书法，精于金石学和古文字学。著有《古籀朴》、《古玉图考》、《愙斋诗文考》等。

大鸟圭介（1832—1911）日本人。1889—1893 年任日本驻华公使。1894 年任日本驻朝鲜公使。中日甲午战争前夕，以护送返任为名，大举向朝鲜进兵，并密切注意局势，寻求对驻朝清军开战的借口。战后为日本枢密顾问官。

伊东祐亨（1843—1914）日本人。早年曾参加倒幕运动。1868 年明治政府成立后，历任海军士官、副舰长、舰长等职。1886年任常备小舰队司令官，曾率舰队窥探中国沿海各港情况。1889年任军令部第一局长兼海军大学校长。1892年升为中将。1895年中日甲午战争时任联合舰队司令长官，在黄海海战和威海卫海战中，击败清政府北洋舰队。战争结束后，升任军令部长，主张除陆军外再由海军单独建立侵略中国的体制。日俄战争中任大本营海军幕僚长，战后得海军元帅称号。1907年晋为伯爵。

刘步蟾（1852—1895）福建侯官（今闽侯）人，字子香。1867年考入福州船政学堂。1874年充任建威号管带。次年秋随法国军官日益格赴英法考察，后留学英国。回国后任北洋海军镇北炮舰管带。1885年赴法督带定远等舰回国后，授参将、副将，赏号强勇巴图鲁。1888年北洋舰队成立后，被任命为右翼总兵兼旗舰定远号管带。曾对英国洋员琅威理、泰莱图控制北洋军进行了坚决抵制。1894年9月17日，在黄海与日本联合舰队展开激战，丁汝昌负伤后，任代理提督。1895年2月5日，日军偷袭威海时，先后击退日军多次进攻。最后弹尽粮绝，沉舰自杀。

杨用霖（1854—1895）福建闽县（今属闽侯）人，字雨臣。1871年在艺新舰习驾驶枪炮，不久晋该舰二副，后升北洋海军镇远舰大副。1888年任北洋舰队右翼中营游击。1891年升参将，加副将衔。1894年9月17日在中日黄海海战中，重创敌旗舰橙岛号，因功升补用副将。11月左翼总兵镇远舰管带秭泰曾自杀后，即奉命代理遗缺。次年2月日军攻陷威海卫时，自杀殉职。

王文韶（1830—1908）浙江仁和（今杭州）人。字夔石，号耕娱，晚年号退圃。咸丰进士。历任湖北安襄郧荆道按察使、湖南布政使。1871年代理湖南巡抚。1889年任云贵总督，多次镇压农民和少数民族起义。1895年调任直隶总督兼北洋大臣，列名强学会，倾向维新变法。

138

曾上疏请求加强海防，开采矿山，设北洋大学堂、铁路学堂等。1898年以户部尚书、协办大学士进入军机处。戊戌变法时，受命办理矿务铁路总局，筹议铁路矿务等专门学堂。1900年义和团运动时，主张对外妥协，镇压义和团，同年随慈禧逃往西安。后任政务处大臣兼外务部会办大臣，督办路矿大臣等职，参与"新政"。封文渊阁大学士，晋武英殿大学士。后病退。

翁同龢（1830—1904）江苏常熟人。字声甫，号叔平，晚号松禅。咸丰状元。历任陕西学政，户部侍郎，都察院左都御史，刑部、工部、户部尚书，加太子少保衔，协办大学士，军机大臣兼总理各国事务衙门大臣等职，并为光绪帝的师傅。中法战争时，主张抵抗。1894年中日甲午战争爆发，坚决主战。《马关条约》签订后，支持维新变法，成为"帝党"的重要人物和"后清流"的领袖。1895年支持康有为等人在北京成立强学会。1898年1月，参与总理衙门大臣对康有为的问话，并将问话经过奏报光绪帝，又密荐康有为，遭慈禧疑忌，被罢官。书法诗词自成一家。后病故。1909年诏复原官，后又追谥"文恭"。著有《瓶庐诗文稿》、《翁文恭公日记》等。

奕　䜣（1832—1898）爱新觉罗氏。道光帝第六子，咸丰帝异母弟。1851年封恭亲王。1860年英法联军攻陷北京，被任为与英、法议和的全权大臣，分别与英、法、俄等国签订《北京条约》。1861年奏请设立总理各国事务衙门，并主持总理衙门工作。同年与慈禧太后合谋，发动政变，受命为议政王，掌管军机处及总理衙门，控制政权。对外实行妥协政策，对内镇压太平天国革命，并主张采用西方资本主义科学技术制造枪炮、船舰和训练军队，支持曾国藩、左宗棠、李鸿章等开办近代军事工业和民用性企业，成为清政府主持洋务的首脑人物。1865年，因与慈禧太后有矛盾而被免职。不久复任军机大臣和总理各国事务衙门大臣。1884年中法战争中，被慈禧太后借口委靡因循，再次免职。

1894 年中日甲午战争前，起用为总理衙门大臣，负责海军，督办军务，并任军机大臣。戊戌变法期间病死。

德璀林（Gustav von Detring，1842—1913）德国人。1884 年进中国海关任四等帮办，后升至税务司。1884 年中法战争时，撮合李鸿章和法国海军将领福禄诺订立《简明条款》（即李福协定）。1894 年冬，受李鸿章之命赴日本接洽和谈，被日本政府拒绝。1904 年同张翼赴英国伦敦，为开平煤矿权利事同英国墨林公司打官司胜诉。由于任天津海关税务司期间秘密从开平矿务有限公司领取银两事为人所知，辞去海关职。在天津 30 余年，10 次任英租界工都局董事长。死于天津。

伊藤博文（1840—1909）日本人。青年时参加"尊王攘夷"运动。1863 年留学英国学习海军，回国后积极从事倒幕运动。1868 年明治政府成立后，任外国事务局判事，以后所任大藏少辅、工部大辅、内务卿等职。1885 年来华，代表日本政府与清政府签订关于朝鲜的《天津会议专条》。从 1886 年起，四任内阁首相，推行大陆政策，是发动侵华战争的主要策划者。中日甲午战争后，作为日本政府全权代表与清政府代表李鸿章签订《马关条约》，并一度任台湾事务总裁。1898 年 9 月再度来华，企图操纵中国的维新运动。戊戌政变发生后，仓促回国。1900 年组织立宪政友会，自任总裁。日俄战争期间，以元老身份指导战争。1906 年任特派大使，与朝鲜签订《日韩协约》，并首任韩国统监，积极推行朝鲜殖民地化政策。1907 年升为公爵。1909 年 10 月 26 日到中国东北与俄国谈判，在哈尔滨车站被朝鲜爱国者安重根刺死。

李经方（1855—1934）安徽合肥人，字伯行。举人出身。原是李鸿章四弟李昭庆之子，后过继给李鸿章，为长子。1890 年任出使日本大臣。1892 年回国。1894 年甲午战争爆发时，为李鸿章的重要助手。1895 年议和时，作为参赞随李鸿章赴日。9 月 30 日，与美国顾问科士达一起前往台湾，与日方代表桦山资纪商办割让台湾事宜，并在《交接台湾文据》上签字。1896 年与李鸿章前往俄国参加沙皇尼古拉二世的加冕典礼，参与《中俄密约》的谈判与签订。1907 年以候补四品京堂的身份任出使英国大臣。1910 年回国。1911 年署邮传部左侍郎。1934 年死于大连。

罗丰禄 福建闽县（今属福州）人，字稷臣。早年任中国驻英国、法国使馆翻译。1878 年调任驻德国使馆翻译。后充当李鸿章的幕僚。1896 年以记名海关遵赏四品卿衔，任出使英国、意大利、比利时大臣。1901 年改为出使俄国大臣，未赴任。

马建忠（1845—1900）江苏丹徒（今镇江）人，字眉叔。年轻时即在上海接受西方教育。1877 年派赴法国留学。1879 年获博士学位后回国，入李鸿章幕府帮办洋务。曾去印度、朝鲜处理外交事务。提出改革政治、兴学校、立议院及发展资本主义工商业等主张。1890 年任上海机器织布局总办。1895 年随李鸿章赴日签订《马关条约》。对中国语言学亦有深湛研究，写成《马氏文通》，从经、史、子、集中选出例句，对照拉丁文、法文分析了中国古代汉语的语言规律，为中国第一部较全面系统的文法著作。另有《适可斋纪言纪行》。

伍廷芳（1842—1922）原籍广东新会，生于新加坡。字文爵，号秩庸。1845 年随父归国。1874 年留学英国，后以父丧归国。1881 年任香港法官兼立法局议员。1882 年入李鸿章幕府。1896 年任驻美国、西班牙、秘鲁公使。1902 年回国，历任清廷修订法律大臣、会办商务大臣、外务部右侍郎，刑部右侍郎。1907 年后复任驻外公使。武昌起义后，与人在沪成立"共和统一会"。南京临时政府成立，任司法总长。1916 年任段祺瑞政府外交总长。1917 年 5 月任代总理。同年 9 月去广州，任护法军政府外交部长。1918 年 5 月，任军政府总裁。1920 年冬任军政府外交部长，兼任财政部长。孙中山前往桂林指挥北伐时，一度代行总统职。1922 年又兼广东省省长职。同年 6 月陈炯明叛乱，坚持与孙中山合作，不久在广州病逝。

唐景崧（1841—1903）广西灌阳人。字维卿，亦作薇卿。同治进士，选庶吉士，后改吏部主事。1882 年赴越南同刘永福所部黑旗军抗击法国侵略者。次年受张之洞命招募军队四营，号景字军，与岑毓英军攻越南宣光等地。1891 年后任台湾布政使，巡抚。清政府与日本签订《马关条约》后，反对割让台湾，并筹措抗击日军。基隆被侵台日军占领后，携带巨资及家小逃至厦门。后病死。著有《请缨日记》。

林维源（1840—1905）台湾板桥人，祖籍福建龙溪。1857 年其父林国华去世后，继父业经营林本源号产业。1877 年以后，多次捐献巨资，助修台北府城和充作中法基隆战争军费，被封为太常寺少卿，并任台北建城董事、垦务兼团防大臣，帮办全台抚睦局。1895 年被推为台湾"议院"议长，辞而不就。后定居厦门。1905 年病死。

桦山资纪（1837—1922）日本人。幼名觉之进。1885 年累升至海军中将。历任海军省军务局长、海军次官。1890—1891 年先后任第一次山县内阁和第一次松方正义内阁海军大臣。1893 年任军令部长。参与指挥甲午中日战争，晋级大将，封子爵。1895 年 5 月受命为第一任台湾总督，翌年封伯爵，任枢密顾问官。1903 年获元帅称号。其子桦山爱辅 1954 年出版了《父桦山资纪》一书。

谭钟麟（1822—1905）湖南茶陵人，字文卿，咸丰进士。历任江南道监察御史、杭州知府、河南按察使等。1871 年授陕西布政使。不久代理巡抚，创建学校，开办书局，疏通郑白渠，教民种桑养蚕。1875年任广西巡抚。1879 年调任浙江巡抚，核实漕平，更定厘积，修海塘，浚河道，重建文澜阁。1881 年迁陕甘总督，立官车局，罢苛细捐税。1891 年以尚书衔补吏部右侍郎兼署户部左侍郎，并兼管三库事务。次年署工部尚书，不久任闽浙总督。1894 年署福州将军。翌年调任两广总督。1899 年告归。1905 年死。谥文勤。

林董　（1850—1913）日本人，本姓佐藤。早年留学英国。1891—1896年任日本外务次官。1895年中日《马关条约》签订后，俄、德、法三国驻日公使向日本提出退还辽东半岛的要求时，代表外务大臣陆奥宗光接受通牒。1896年任驻华公使。1898年转任驻俄公使。1899年后任驻英公使、大使。1907年封伯爵。1911年和1912年任外交大臣及递信大臣。所著小说《为了他的人民》和回忆录《林董伯爵秘密回忆录》均用英文发表。